CHARACTER
ゆうとやわ
「我被人殺死，
也在你的預計之中嗎？」
雲泰清
死而復生的痞氣少年。
YUTOYAWA

CHARACTER
泰昊
身世成謎的隔壁鄰居。
「沒有求生欲望不是你的錯，
我不該遷怒於你。」
YUTOYAWA

GOBOOKS
& SITAK
GROUP©

GOBOOKS
& SITAK
GROUP©

三日月書版

三日月書版

幽都夜話
上卷
ゆうとや
蝙蝠 著
日々 繪
輕世代
FW310
三日月書版

Y U T O Y A W A

CONTENTS

幽都夜話

YUTOYAWA

第一章

YUTOYAWA

雲泰清出院的時候，他已經變成了另外一個人。

雲泰清本來是一個遊魂。

某一天，他正在人間閒晃，忽然從某社區中竄出了兩個人來。

「天啊！你為什麼要這樣對我！」前面那個跑得快的男人一頭衝向車流，悲愴地捧心大喊。

雲泰清：「……」

他的身後，一名女子也跟著奔出門來，飆淚狂呼：「你要理解我們！我們是真愛！」

「不！我不聽我不聽——」

「真愛是沒有錯的——」

「我不聽我不聽——」

雲泰清默默地看著他們表演，直到兩人一跑一追，從安全的住宅區奔上了車流滾滾的街道。

吱——

苦命男主香消玉殞，然後雲泰清果斷地踢走他，附在了那具身體上。

這具身體叫「張小明」。

一個再普通不過的名字。

那個倒楣鬼身上帶著身分證和家門鑰匙，雲泰清看了看證件上的地址，似乎並不是他所見的那個社區。

然後他又翻了翻手機，從簡訊裡發現了一個地址。他根據地址找到了張小明租賃的房間，及至順利用鑰匙打開大門之後，他才真正鬆了一口氣。

那小子的家小得可憐，房東將一個三、四房的公寓隔成了幾個小雅房出租。這小子擁有一房一廳，浴室和廚房與他人共用。原本地方狹小，又毫無章法地塞了許多華而不實的家具，比如花盆架和櫥櫃之類沒有三十六坪都沒處塞的玩意。窗簾也沒拉開，弄得房中漆黑一片，還瀰漫著一股詭異的混合氣味。

小也算了，最讓人絕望的，是這小破房間還被人翻得亂七八糟，所有容器裡的東西都被翻了出來，丟得到處都是。如果不是在查探後發現只少了女人的物品，男人的物品只是被洩恨似地扔出，貴重物品比如相機、電腦都還在原處，他都想直接報警了事。

然後雲泰清開始收拾如今屬於自己的財產。

不出所料，張小明那個傢伙大概滿腦子都是風花雪月，對於自己的未來沒有絲毫規劃，只能到處打工，銀行裡的存款少得可憐。等身體基本沒了不適，雲泰清拿著張小明的身分證、印章和能找到的所有銀行存摺，跑了一趟銀行。所幸還有點餘款，不過也只有四萬元上下，對以前的他來說只夠一夜的花銷。

不過，這世道富有富的生活，窮有窮的過法。雲泰清也不是沒過過窮日子，這些錢在他最窮的時候也夠過一年的。

一邊計畫著以後的生活，一邊懷念著曾經的輝煌，雲泰清心裡不由得有些不甘。

從天臺上跌下來活活摔死，自然不是正常死亡。

他是被女朋友推下來的。

嗯，現在應該叫前女友。

她和他的好友都是他的大學同學，是好友介紹了他跟前女友相識。相識七年，相戀五年半，卻在最後給了他狠狠一擊。

那天是他的生日，而他還在公司加班。她打電話告訴他，有禮物要送給他，讓他到天臺上去。

他到達天臺的時候，上面除了一個兩手空空的她之外什麼也沒有。他卻絲毫沒有懷疑，只覺得可能有其他的驚喜。

她的確給了他一個巨大的「驚喜」。

她溫柔地微笑著，花言巧語騙得他背對著她站在欄杆旁，然後她穿著高跟鞋的腳猛地踹向他的背部。他不受控制地向前栽去，手中的欄杆像豆腐渣一樣碎裂開來。

雲泰清最後的記憶，是低垂的黑色天幕、手中欄杆冰冷的碎片，以及墜落無底深淵的恐懼。

除此之外，他並沒有感覺到痛苦。

沒過多久，一輛汽車堪堪停下，他的好友像飛一般地衝出車子、飛馳而來，擠進人群時還在微微喘息。

雲泰清和他認識的時間比前女友還長，和自己一同奮鬥的除了前女友之外，就只有他了。雲泰清對這個相識於微末、共奮於荊棘的好友有著非同一般的信任。

他向他大聲傾訴被前女友背叛的痛苦，希望他能奇蹟般地聽見他的聲音，將那狠毒的前女友繩之以法。

然而老天絲毫沒有眷顧他的祈求，好友全然聽不見他的聲音，反而在驚訝之後露出了異樣的憤怒。

他擠出圍觀人群，打電話給雲泰清的前女友。

前女友飛奔趕來，表情激動，身子幾乎撲進他的懷裡。

好友卻沒理會她的激動，狠狠地拽住她的手臂，將她帶到一旁的僻靜處。雲泰清本以為他聽見了自己的聲音，激動地跟在他們後面，期望能看到前女友狼狽不堪的樣子。

他的確看到了她狼狽不堪的樣子，卻和他想像中的相差十萬八千里。

好友一巴掌拍在前女友的臉上。

「妳這賤人！誰叫妳動手的！」

雲泰清震驚了。不為那一巴掌，只為好友話中理所當然的殺意。

前女友似乎也震驚了，淚珠撲簌簌地奪眶而出。

「是你說的，已經到時間了，只要他一死，我就能……」好友又是一巴掌打在她另外半邊臉上。

雲泰清不想管他們之間的糾葛，只在一旁雀躍歡呼。總算有人替他報仇了，管他是為了什麼原因。

好友壓低聲音，手指簡直要戳進她眼睛裡，「妳這蠢貨！把一切都毀了！」

她淚流滿面，低聲嘶吼：「可你說了，時間已經到了……」

「不是這樣！」好友捂著臉，在一旁轉了一圈，彷彿無法抑制自身的戾氣，回身又給了她一掌，打得她雙頰通紅，「不是這樣！」

在那之後，他們再也沒有提起過這個話題。

他們在警察面前做足了好友和女友最深情的模樣，她臉上的掌印變成了雲泰清死前心情不好、無限失落的證明。

看著他們擺出的證據，連雲泰清都要認定自己是生意失敗無限失落無以發洩不得不自盡以謝天下了。

雲泰清實在不耐煩看他們表演，便想用他身為鬼魂的力量在這姦夫淫婦所在之處大鬧特鬧。不料最多只能移動個鉛筆，別說讓人害怕恐懼了，甚至根本沒人注意到他的存在。

他真的是無限失落無以發洩了。

對了，他那位好友叫「周建成」，前女友叫「方躍華」。他們的名字，在復仇之前，他都會狠狠地咬在牙中，慢慢磨碎。

如今雲泰清又再次擁有了身體，想做的第一件事，就是讓那對姦夫淫婦付出代價。他壓根就對他們為何殺他不感興趣，左不過是那些男盜女娼的事情。

他只要他們死，除此之外全不關心。

可這張小明一沒權二沒錢，女友還跟別人落跑。所幸她沒拿走他最後的財產，否則他現在就需要再死一回，不知還要等多久才能弄到令人滿意的身軀。

雲泰清正考慮著煩心的事情，那扇破門卻被人從外面敲得山響。

他開門一看，一張刻薄尖臉的中年女人帶著個十一、二歲的小女孩，如茶壺一般站在門外，乾瘦的手指直戳他的腦門。

「張小明！趕緊把下半年的房租給我繳了！別跟老娘說什麼未來規劃！不繳，一個星期後就給我滾！」

雲泰清附身的這具身體不僅人蠢，連名字也俗到爆，這種名字寫在小說裡，瞬間從路人到炮灰，連個水花都不帶響的。

在清查財產的時候，他也找到了這房間的舊租約和最新的租約。舊租約是四千五百元一個月，新租約是六千元一個月，他那點微薄的存款剛好能支付，還能剩點飯錢。

他說：「能月繳嗎？」

刻薄的中年女人精瘦的手一揮，唾沫都飛到了他的臉上，「能住就住，不能住趕緊搬走！這地段可熱門得不像話，你沒錢，還有大把人拿錢求租呢！」

那名小女孩大半個身子躲在她的裙子後面，露出和她相似的鄙視表情。

這位女房東大概有了願意出高價的新房客，指望能大賺一筆呢。

雲泰清也沒辦法，只得再三保證定然遵從她的指示，才將這兩座大神送走。

回去蹲坐在還散發著淡淡霉味的床上，看著電腦螢幕發呆。

突然，他想起了一件事。

如今的人，誰沒有網路銀行？他自然也是有的。

雲泰清趕緊嘗試登入銀行的網路頁面，但由於忘記密碼，嘗試了幾回，才在鍵入密碼次數上限之前找到了正確的密碼，成功登入。

登入的時候他還有點緊張，畢竟前女友對他的財產和密碼心知肚明。如果她要清空他的帳戶和那個他以為是好友的王八蛋雙宿雙飛，那他就真是一點辦法都沒有了。

進入網銀頁面之後，他點擊「餘額查詢」，看著捲軸一點點向下滾動，他緊張得手心冒汗，連滑鼠幾乎都要握不住了。

最後那個數字顯示出來時，他從床上跳了起來。

這個帳戶是他個人日常支付時使用，不屬於生意的一部分，所以款項並不多，但要解燃眉之急已經夠了，剩下的甚至還能再幹點其他事情！

於是，雲泰清用張小明的名字新辦了一個新的帳戶。一是他不想繼承那個蠢貨的東西，二是想要個新生的標誌，如今正好能將自己原有帳戶裡的錢全部轉入新帳戶。

等所有手續都辦好後，他看著存摺裡頭的數字，眉開眼笑地撫摸存摺好幾遍，然後又登入新帳戶的網路銀行，在餘額頁面更新了一遍又一遍，就為了享受看到那一長串數字時的那份舒爽。

等收錢的熱勁過去，他才逐漸冷靜下來。

別看這點數字喜人，他可沒忘記他到底是活過來幹嘛的。他不是為了活而活，他要報復那兩個賤人，他要讓他們知道他的厲害！

但這點錢……養活自己差不多，若想在他們眼前耀武揚威，連個零頭都不夠。

「好煩啊……」

「哥哥——你煩什麼呢？」

突如其來的聲音在耳邊響起，他回頭一看，然後沒能控制住身體，直接從床邊翻了下去。

「哎喲我靠！」

有身體和沒身體就是不一樣。沒身體的時候怎麼滾都成，一有身體滾起來就要命了！再加上這具身體明顯鍛鍊不足，這一摔連點本能的自我保護都沒有，身體和地面接觸的聲音那叫一個結實！

雲泰清蜷在地上，好半天都恢復不過來。

而剛才驚他一跳的小女孩從床頭飄浮過來，半透明的臉上對他露出一個鄙視的微笑。

作為一個擁有半年鬼生的復生者，按理說他不該對這種非科學的存在大驚小怪，但有準備和沒準備是有區別的！所以等他平靜下來，注意到對方只有一顆頭和右手臂，其他部位什麼也沒有的時候，他也沒那麼驚訝了。

「妳這孩子是誰家的！別人家想進就進嗎！有沒有一點禮貌！」雲泰清大聲責備她，希望它知道自己的錯誤，立刻在他眼前消失。

小女孩的鄙視之色更加嚴重，眼白都快翻到天上去了。

「這是我家啊，我想去哪裡就去哪裡。你不想住就滾蛋嘛。」

小屁孩！那種把人鄙視到骨子裡的態度簡直和刻薄房東同一個模子刻出來的。

「妳不會是房東的女兒吧……」雲泰清自言自語，揮揮手將它打散，坐回床上。

現在想想，剛才它和房東一起出現的時候，其實就是有點透明的模樣，只不過房東的存在感太過強烈，讓他忽視了它，連它壓根不是完整的都沒注意到。

小女孩又在另外的地方凝聚成形，笑咪咪地說：「你怎麼知道我是我媽媽的女兒啊？啊，對了，你為什麼不害怕我啊？之前住這裡的要麼看不見我，要麼嚇得屁滾尿流，簡直笑死人了哈哈哈哈……」

雲泰清和它沒什麼好說的，像趕蒼蠅一樣揮手將它再次打散，繼續看著電腦螢幕，試圖想看到自己的復仇計畫在上面自動出現。

沒堅持多長時間，小女孩再次從虛空中浮現，臉上的表情已經變成了驚異與驚喜的混合。

「哥哥！你真的不怕我啊！你能看見我啊！我跟你說，我叫苗阿妙，我是被人殺掉的！那個殺我的凶手到現在還逍遙法外，你一定要幫幫我！把他抓起來，讓他再也不能害人啊……」

雲泰清從電腦上抬起眼睛看著它，看著它臉上的表情從活潑期待逐漸凝固，聲音也越變越小，然後他張口一吹，它再次散去。

苗阿妙這回凝聚的時間長了點，再次顯現之時，它沒有再露出歡快的笑臉，它僅有的一隻手虛空地抓握在雲泰清的胳膊上，連聲音都變得沉鬱：「哥哥！你是唯一一個能看見我還不怕我的人！你是我唯一的希望了！求求你……」

他說：「妳知道我為什麼不怕妳嗎？」

苗阿妙愣怔，搖搖頭。

他嘆口氣，說：「因為在幾天前，我還是妳這種狀態呢。」

苗阿妙驚異地睜大了眼睛。

他說：「別這麼看我！我能奪到這具身體完全是運氣好，別想讓我幫妳也弄一個！」

苗阿妙說：「我不信……」

雲泰清用力地搖了搖頭，指著自己：「這不是我的身體，魂魄和軀殼結合得不太好，妳應該看得到，我的頭變成雙影了吧？」

他見過另外一個奪舍的鬼魂，也是這個樣子，運動得快了，身體和魂魄就合不到一塊。

但苗阿妙的回答大出他的意料之外：「什麼？你的頭好好的啊。」

雲泰清困惑了。他之前見到的人可不是這樣……

「總之，我沒必要騙妳，我活過來純粹是為了解決仇人，就那點破事我還不知道怎麼辦呢！哪有時間跟妳玩靈媒緝凶的遊戲。」

苗阿妙呆呆地看著他。

雲泰清覺得自己說得挺清楚了，就繼續低頭衝著電腦發呆。

苗阿妙愣了一會，突然放聲大哭起來。

「媽媽——是我不好！我不該跟陌生人走！被人殺了都不知道是怎麼回事！好不容易找到有人能幫我，又是個沒心沒肺的鬼！媽媽——我的冤情永遠也沒法讓妳知道了——媽媽——」

雲泰清被鬧得腦袋疼，揮手把她打散，沒兩分鐘它又回來了，又哭又嚎、又嘶又叫，總而言之，就是不讓他得到片刻的安寧。有那麼一會，他都恨不得自己已經死回去了，免得活在這世上還得受這魔音穿腦的罪。

被鬧煩了，雲泰清只好穿上外衣出門，準備吃點東西安撫一下自己的心情。

結果那小東西居然不是地縛靈！它一路跟著他出門，在他吃牛肉麵的時候，歇一會，嚎叫一會，再歇一會，再嚎叫一會……

等再回到那個逼仄的蝸居時，雲泰清滿腦子只剩下乾脆去死的意志。

雲泰清不是好人，但也不是壞人。他只是芸芸眾生中的一員，也許有明哲保身的意願，可也不至於在小丫頭面前絕情絕意——當然，小孩嚎叫的殺傷力也是他妥協的原因之一。

躺在床上，雲泰清無可奈何地蒙上了自己的眼睛，有氣無力地說：「好吧……妳說，誰殺了妳，我幫妳報案，保證把凶手繩之以法，行了吧？」

苗阿妙的聲音頓時歡快起來，滿滿地都是得意，「早這麼說不就好了？害我這麼費勁！」

他霍地坐起來，「妳到底還想不想報仇了？」

它笑笑，總算閉上了嘴。

雲泰清說：「好了，說吧，殺妳的人在哪裡？姓甚名誰？有沒有什麼證據證明是他幹的？」

苗阿妙說：「我不知道啊。」

雲泰清：「……」

苗阿妙：「……」

他們兩個大眼瞪小眼，好半天，他才找回自己的聲音：「妳連是誰殺了妳都不知道，那我還能幹什麼？我又不是福爾摩斯！」

苗阿妙急急分辯道：「我不知道殺我的人是誰，因為我當時被陌生人誘拐，那個人把我關在屋裡，後來有另外一個人來找我，他才把我交給那個人。他把我交出去的時候我拚命反抗，所以他們兩個臉上都有被我撓出來的疤。後來……他們可能覺得我太吵，所以對我下了藥，等我再醒過來的時候，就變成這個樣子了。」

雲泰清看著它小小的身體，想像著它在兩個男人手中拚命掙扎，用如此柔弱的身軀給予了敵人傷害，最後卻無可奈何地屈服於懸殊實力的樣子，好像……有點值得敬佩呢。

他問：「那是多久以前的事情？」

「半年前吧……」

半年前……真巧，他也差不多是在那個時候死的。

他又問：「妳知道他們抓妳是想幹什麼嗎？」

苗阿妙搖搖頭，說：「我被放在誘拐犯家裡，聽他有一次打電話，反覆說『不是時間到了嗎？那就趕緊啊！這丫頭煩死了！你們最好快點！』……我聽得糊裡糊塗。你說他們是不是把我殺了吃了？不然我怎麼會變成這種缺手少腳的樣子呢？」

雲泰清想起了前女友對周建成說過的話——

「已經到時間了……」

難道說，這孩子的死，和他的死，二者之間是有關係的？

當然，只是這麼一句話就把這兩場死亡拉到一起有點牽強。不過，反正他也沒什麼事，不如姑且聽聽。

雲泰清來了興趣，拉著苗阿妙讓它把被誘拐之後的事情仔細描繪，絕對不要漏掉任何一個細節。

苗阿妙很高興，努力回憶著當初的情景，在他的要求下反覆地敘述自己記得的一切線索。

可惜的是，它的記憶也和它的身體一樣殘破不堪，很多事情它自己說起來好像都記得很清楚的樣子，但在雲泰清詳細地詢問之下，卻發現它記得的事情就跟篩子一樣，東一榔頭、西一棒子，中間沒有任何連接，直接斷層。

根據它的說法，雲泰清梳理了一下——

當時苗阿妙正在替媽媽做事（做什麼事不記得了），有人來給了它一個東西（是什麼東西不記得了），它拿著那個東西很高興，和那個人說了好半天的話，它還記得那個人笑起來的時候一口尖細白亮的牙齒（但那個人實際上長什麼樣子不記得了），後來它就跟著那個人走了（為什麼隨便跟人走也不記得了），走到那個人家門口的時候它發現不對勁，扔下東西就想跑，然後後腦一痛，就陷入黑暗中。

等它再次醒來，已經被關在小黑屋裡，根據它後來所知道的，應該是那個人家裡的儲藏室。它以為那個人會對它做什麼，但那個人什麼也沒做，只是每天餵它吃點東西，為它把便溺的東西倒掉。

這之後的時間又發生了斷層，它記得被抓的時候是二〇一六年夏季，等另外一個人來把它弄走的時候，它從冰箱上的電子鐘上看到了二〇一七年的字樣，但它自己卻覺得時間沒過多久，感覺上只過了一個星期左右。所以它大聲尖叫，拚命掙扎，抓傷了那兩個人，最後又被打昏……

它所聽到的那些「時間到了」之類的話，是最有價值的內容，其他的都是「今天吃什麼」「明天家裡停電」之類的廢話。

「這麼說，妳記得那個人住在哪裡嗎？」

苗阿妙說了大概的方位，是個城中村，雲泰清知道那個地方。

雖然他覺得周建成和方躍華殺他的原因不重要，但這件事情不知為何出乎意料地吸引著他的注意力。趁著天還沒黑，他穿上最像流浪漢的衣服，準備出門。

這身衣服可是他精心挑選，牛仔褲上又是窟窿又是破洞，過長的T恤皺皺巴巴掛在身上，再加上有點過長的頭髮，以及復生之後還沒刮過的鬍子，整個人看上去都猥瑣了起來。

雲泰清一出房門，隔壁住的女人也正好出門。她就是和他共同分享廚房和浴室的其中一位室友。

房東可算老奸巨猾，原本四房兩廳兩衛的公寓，他和這名女子各占一房一廳，共用浴室，另外一個人則租了附帶浴室的套房。

住套房的室友他不常見到，但這個女人似乎是常上夜班，每次到下午四、五點就見她出門，每次出門都穿得十分清涼，上身的低胸制服露出半邊酥胸，短裙短至大腿根部，一不小心就要春光外洩。

大概是雲泰清凝視她的時間有點久，她蹬著高跟鞋，婀娜多姿地經過他身邊，用斜眼剜了他一刀，輕蔑地「哼」了一聲。

雲泰清：「……」

苗阿妙一邊笑道：「你這模樣確實挺欠揍的，大叔。」

看看玄關處的鏡子，雲泰清終於想起了自己現在的狀態，只得呵呵兩聲。

雖然遭到唾棄，不過另一方面來說，他的變裝還滿成功的，至少以後正常打扮，可以保證今天見過他的人都認不出他來。

那個城中村叫巴里村，距離他們住的地方很遠，雲泰清坐了足足一個小時的公車。下車的時候，夕陽依然頑強地照射在臉上，悶熱的空氣簡直讓人頭昏目眩。

走到巴里村的入口，牌坊還是那個牌坊，裡面坑窪的泥濘地不見了，取而代之的是剛修好沒多久的大路。兩側的美食街也發生了大變化，有些餐館窗明几淨已經開業，而有的依然一片烏黑正在裝修。

這裡幾個月前發生了一場大火，就算他只是個遊魂，也從生人口中聽過這個消息。

雲泰清看著和記憶中完全不同的巴里村，不知為何直覺地不想再走進去。他回頭看著

幽都夜話

身邊的苗阿妙，黃昏刺目的陽光下，它的身軀變得縹緲，透明得幾乎要消失不見。它希冀地看著他，目光中的期待如有實質。

他拒絕的話還未出口，就在嘴邊變了模樣：「……妳還能找到嗎？」

它用力點點頭。

他跟著它，走進了巴里村的牌坊。

坑坑窪窪的泥地變成了平整的水泥，由於兩側樓房的遮擋，地面並不如想像中灼熱，他一步一步跟著苗阿妙的魂魄向裡走去。

苗阿妙帶著他走到巴里村深處，拐上小路，七拐八繞地又走了許久。路越來越窄，從可容汽車通行到只容一人經過，路面從水泥變為泥地，又變為片片拼合的青石板。

不知是不是長期埋藏在深邃的小巷裡，似乎連空氣也稍稍清涼了些，長期不見陽光的牆縫裡掩藏著綠色的青苔，路旁住戶的二樓窗臺上垂下長得旺盛的綠色青蘿。

一隻花貓蹲坐在圍牆上，好奇地撥弄著新長出來的草葉。

苗阿妙的身影隨著陽光的消失而逐漸變得清晰，如果不是魂魄殘缺，它現在幾乎像是個生人。

雲泰清停下腳步。

「那地方很遠啊。」

「是呀。」苗阿妙說了一句，發現他不走了，便回過頭來，「怎麼不走啦？」

雲泰清抬起頭，兩側的樓房不高，抬頭只見窄窄的一線天。天色已經有點昏暗，前後皆是蜿蜒狹窄的小路，如果這個時候有人前後包抄，他根本無法反抗。

他問：「妳死去的時候是幾歲？十一？十二？」

它想了想，說：「可能十一歲吧？要是二〇一七年，就是十二歲。我們走吧，就快到了。」

是的，它有記憶斷層，可能記得不太清楚。

「妳已經是半大不小的大孩子了，可是一個陌生人讓妳跟他走，妳就跟他走。在妳家附近還有情可原，但是你們也走得太遠了。」

真的太遠了。

從居住的社區到巴里村，有將近一個小時的車程。然後從巴里村的大路進入小路，七拐八繞，又是幾十分鐘。

它不是傻乎乎什麼也不知道的三、四歲孩子，這個年齡的孩子們從小就被教育著要保護自己。但是它卻跟著對方走了這麼久。

苗阿妙困惑了，一根手指頭點著腮幫子，疑惑地說：「怎麼會呢？我記得時間不久嘛，只是一會的事情……哎呀，反正也沒什麼關係，我們到地方就知道啦，走吧！」

苗阿妙已經死了，對於時間的流逝不太敏感。雲泰清也一樣，如果不是這附近有一座學校的大鐘，時時刻刻提醒著他，他也不會知道。

「妳對這裡的路很熟悉。可是妳生前只走過一遍……那麼，妳是怎麼找到路的？」

它的記憶缺失，重要的內容全不見影子，但如此複雜的路途，它居然沒有半點猶豫，就像已經走過千遍萬遍。

苗阿妙笑了起來。

「因為……我已經走過好多遍了嘛。」

身後，一團巨大的氣息突然無聲無息地籠罩住雲泰清，等雲泰清發現時已經晚了，一隻巨大的手臂從身後猛然伸來，將他的脖子死死地勒住。

那手臂實在太過巨大，勒住他脖子的時候甚至壓住了他半個胸膛。那個人順勢將他整個人都拎離了地面。

雲泰清拚命掙扎，卻無法掙脫。他試圖用腳向後猛踹，但對方的腿如同鋼澆鐵鑄一般，一動不動。他自己由於氣管被阻，逐漸上氣不接下氣，所有血液都沖到頭頂，意識漸漸模糊……

「小子，我勸你還是不要掙扎了。」身後的人聲如洪鐘，「乖乖死去，也好不受那個罪。」

果然——自己還是上當了！

他被人殺害，辛辛苦苦等了半年，好不容易趁著天時地利人和搶奪了這具身體，如今卻要因為輕信鬼魂而被一個莫名其妙的怪物殺掉了嗎？

那可不是他的風格！

在雲泰清逐漸模糊的視線中，苗阿妙的笑容扭曲而詭異。當雲泰清抽出藏於口袋中的東西時，它頓時變了臉色，發出一聲驚叫。

在苗阿妙的叫聲中，雲泰清一刀捅進了身後壯漢的大腿裡，然後猛力向腹部斜劃出長長一道傷口！

在被那人一胳膊勒住的時候他就知道，對方的力量他完全不能抗衡。

所幸他是被自己身邊最親密的女人殺死的，於是在活過來之後，總覺得任何人都不可靠，於是在路邊攤上買了一把彈簧小刀掛在鑰匙圈上，以備急用。

剛才他拚命掙扎作為遮掩，其中一隻手伸到口袋裡抽出鑰匙圈，按下彈簧。

彈簧刀刃長約十公分，挑斷一般人的動脈夠用了，但對於這個「人」，雲泰清完全不敢掉以輕心，壓下去時用了全身的力氣，整個刀刃甚至連刀柄都埋了進去。如果對方是個「人」的話，他應該正好劃過對方的一條大動脈。

身後的壯漢發出一聲高亢的怒吼，雲泰清隨即感覺到後腰到腿部被不溫不冷的液體覆蓋，小巷裡頓時瀰漫出一股惡臭。他想那應該是對方的鮮血，但這味道讓人不敢確定。

「小子你好膽！」

那人怒吼的同時手臂一鬆，雲泰清趁機掙脫，落到地上。

他當然好膽！沒膽就沒命了好嗎！

那股液體流到了鞋子上，連地面也積了厚厚一層，不是血的鮮紅，而是一種說不上來的混濁，近似於汙穢的灰色，滑膩膩的。雲泰清一落地就險些摔得四腳朝天，好不容易站穩了，趕緊手腳並用地爬出那黏膩液體的範圍。

腳底下和鞋子依然黏黏糊糊，雲泰清跑了幾步發現這樣不行，趕緊脫掉鞋襪，接著雙腳在青石地面上蹭個幾回，將黏稠的液體蹭掉，然後迅速飛奔起來。

苗阿妙擋在路中間，似乎想用它無形的身軀攔住他，雲泰清只當它是空氣，一躍而過。

曾經活著的他熱愛健身，即使工作很忙，也要抽出時間來鍛鍊。這具身體的情況是他完全不能理解的，別說鍛鍊，這明顯是活動不足，甩開四肢狂奔兩步，就覺得每根筋都被扯得生疼。可他哪敢停下來，只能靠著腎上腺素忽視疼痛，狂奔逃命。

雲泰清剛剛竄出去幾十公尺，另外一個壯漢突然從旁邊小路閃身而出，堵住了他的去路。

「小子！想跑！」

剛才那位直接從後面控制了他的動作，掙脫之後他也沒敢回頭，只約莫想著那人該是又高又壯。現在這位擋在眼前，他才明白什麼叫鐵塔一樣的身軀、銅缽大的拳頭、柱子般的粗腿……

這壯漢滿臉皺紋，眼睛渾圓，闊口大張，口中利齒寒光閃閃。他站在那裡，陰影頓時將雲泰清整個籠罩，伸出的手臂比雲泰清的大腿還粗，乍看之下簡直像是一頭老虎！

雲泰清自認剛才說錯了，這哪是壯漢，這根本是巨漢啊！

這時，身後傳來一陣怒吼：「殺了他——殺了——」

眼前的巨漢向他伸出手，那架式就像老虎即將來捏死他這隻小蟲。而剛才受傷的壯漢在他身後發出聲聲怒吼，苗阿妙也在他頭頂發出幾聲尖叫，歡喜之情溢於言表。

雲泰清自然不能坐以待斃，在眼前巨漢伸手過來之前，突然回頭向那傷者奔去。

兩個壯漢長得十分相似，只是受傷那位表情更加猙獰，一身腥臭液體，一隻手捂著右側，目中怒火簡直要將他焚燒殆盡。而另一隻手上生出長長的利爪，想要將他叉成串燒。

雲泰清勉強躲過利爪，一腳踏上他的右腿，側身飛躍而起，試圖從壯漢和牆壁之間的縫隙擠過。

但是他的速度太慢了！眼看還沒躍過縫隙，就要被那壯漢擠壓在牆壁上！

就在這個時，那隻一直折騰草葉的花貓突然「喵嗚」一聲，輕巧地跳上巨漢的頭頂。

但壯漢也不傻，花貓只讓他愣了一瞬，隨即整個身體立刻向雲泰清撞了過來。

雲泰清這身體已經十分疲憊，本來絕不可能通過，誰想地上那黏膩的液體讓他腳底一滑，整個人向前跌去，堪堪避過壯漢的肩膀，從對方的腰胯鑽了過去。

雲泰清的上身直接拍倒在地面，撐地的胳膊一陣劇痛。但他沒時間在乎那些，壯漢撞來的身軀依然勉強夾住了他一隻腳，他忍痛用雙手撐地用力一抽，由於腳踝處仍有些滑膩液體，竟真讓他把腳從夾縫中抽了出來！

雲泰清暗呼僥倖，四肢並用地爬起來，再次狂奔而去。

這次他完全沒有回頭，只用盡全力，一徑飛奔逃命。

雲泰清已經不記得來時的路，一路純粹只靠猜測，在各種蜘蛛網般的小路中隨意穿梭。追逐者的怒吼在身後如影隨形，在這靜謐的城市小巷中成了催命符咒。

他一邊奔跑、一邊擔憂，萬一跨入死巷，那是任誰也救不了他了。

但老天見憐，那樣的憾事並未發生，雲泰清跑得幾欲斷氣，身後追兵的怒吼卻越來越遠，他一直跑到夜色四合，方才見到巴里村美食街輝煌的燈火。

雲泰清站在熙熙攘攘的人群之中，破褲光腳，半身沾染詭異黏液，喉中氣喘如牛，經過的行人都衝他投來驚異的目光。

看什麼看？沒見過逃命的帥哥？

他瞪著向他投來目光的群眾，直到大家紛紛低頭移目，才像個正常的神經病一樣一瘸一拐地離去。

不過，在他要上公車的時候發生了一點問題。不管哪輛公車，司機都堅決拒絕讓他搭乘，就算他威脅要告他們拒載也沒用。

是可忍，孰不可忍……

他悻悻地下了車。

之後雲泰清站在路旁等了許久。若是以前的他，走回去也沒什麼關係。但現在他跑得筋疲骨痛，彷彿下一刻就要癱倒在地，讓他多走一步都辦不到。

最後他攔住了一輛拉貨的三輪車，好說歹說、威逼利誘，終是讓那騎三輪車的老頭將他載到了他住的社區。

繼續頂著行人詭異的目光，雲泰清慢慢挪回他小小的蝸居。虧得那位同居的美女不在家，不然看到他這身造型，只怕以為是入室盜竊的歹人，下一刻就要舉著檯燈朝他頭頂猛砸下去。

第二章

Y U T O Y A W A

一進房門，雲泰清將全身上下脫個乾淨，衝進浴室好好洗了個澡。

死去半年之久，即使再度復生，也沒想起人類應該做的日常活動。直到今天，他才注意到自己的鬍子已經長得比流浪漢更流浪漢了。

他正準備好好整理自己的儀容，打開浴室卻聞到一股惡臭，原來是那身扔在門口的骯髒衣服。

也難怪公車司機嫌棄他，連他自己都想把自己扔出去了。

雲泰清迅速將那些髒衣拎起來塞進塑膠袋，捏著鼻子走到樓下扔進垃圾桶，回頭又用拖把將地面上沾染到的髒物洗了又擦。等做完這些事，他已經累得完全不想動，連床都不想去，直接躺倒在沙發上。

儘管身體累得筋骨痠軟，他腦子裡卻如同跑馬燈一樣，不由自主地重播著今天的事故。

為了逃跑，他算是完全激怒了那兩個巨漢，而苗阿妙那小鬼知道他的住處，只怕是不會放過他。不過，反正這個地方的租約也即將到期，他乾脆就找個遠點的地方重新租房，順便避禍。

可是……那小鬼不是地縛靈，他怎麼知道它不會追蹤他的方位，然後告訴那兩個巨漢呢？他們攻擊他，是因為他能看見小鬼，還是有什麼其他原因？那句「時間到了」，它是有意說給他聽，還是因為巧合？

他如今已經不相信那小鬼的說辭了，它和房東是不是母女也有待商榷。那它和那兩個巨漢又是什麼關係呢？那兩個巨漢到底是什麼人？還是說……他們根本就不是人？

腦子裡紛亂不堪，一會是苗阿妙可憐的哭聲，一會是它惡意的嗤笑，中間還夾雜著隆隆怒吼，他都不知道自己是什麼時候睡著的。

夢中一樣亂亂紛紛，逃命的恐懼無處不在，雲泰清明知道自己是在做夢，卻始終不能掙脫。最後，夢中兩名巨漢一直追到了家門口，用巨大的拳頭猛砸，兩口利齒在門外的黑暗中閃爍，眼看就要咬破門板，衝進來謀害他的性命。

雲泰清猛然驚醒，公寓的門如夢中一般，被人砸得砰砰直響。

夢中的景象和現實交雜，他驚得立刻就想起身逃命，結果全身的肌肉都不聽使喚，稍一挪動疫痛就直通腦門。他用盡全身力氣才坐直身體，卻是無法再移動半分。

看一眼電子鐘，顯示著凌晨四點三十五分。

砸門的聲音足足響了十分鐘。

他正考慮著要不要乾脆報警時，砸門聲終於不響了，取而代之的，是同居的美女說話的聲音。

奇怪的是，那位美女的聲音既聽不出來厭惡，也聽不出來恐懼，甚至高興地向對方打了招呼，雙方說了好一會，她便拿出鑰匙開了門。

雲泰清鬆了一口氣。

如果是那兩名巨漢的話，那位美女只怕會躲得遠遠的，絕對不會主動上前招呼。既然能說上話，說不定對方是來找她？

門外大概有兩、三個人，一路說著話進來，氣氛十分融洽。

雲泰清猜測著對方的身分，準備對抗肌肉痠痛再次躺下。才剛躺了一半，就聽到自己的房門被人敲響。

同居美女用他完全沒聽過的溫柔聲音敲著他的房門說：「小張，你的家人來看你了。」

雲泰清用了所有的毅力穩住身形，又坐了回去。

他的家人？誰？不可能是他自己的家人！難道是張小明的家人？大半夜來敲門？難道是親戚？這下不好了！他只見過張小明一面，就是張小明決然踏入滾滾車流的淒慘身影，除了蠢之外，他完全不知道張小明是什麼樣的人啊！

美女堅持不懈地敲著他的房門，訪客卻靜悄悄地一言不發。雲泰清實在搞不清楚到底是什麼情況，身體又睏又疼，腦子裡也亂七八糟，只得對抗著疼痛，慢慢起身，慢慢走到門口，慢慢開燈，慢慢打開門。

美女的眼神中隱藏著強烈的不耐，表情卻笑得溫婉，只是一臉剛剛工作完畢的殘妝破壞了美感，眼眶烏黑，嘴唇血紅，看上去頗為嚇人。

「小張你在呀！你看，你家人來找你了呢。」

他順著她指的方向看去。

他和她的房間被薄薄的牆板隔斷，因此並沒有可招待客人的空間，那三位夜半而來的訪客只能站在狹窄逼仄的兩面牆板之間。

訪客是兩男一女，除了中間那位男子年紀稍長之外，另外一男一女都是剛出社會的年紀。

昏慘慘的燈光下，年輕男子身穿合身的黑色西裝，甚至還打著領帶；女子雲鬢高挽，身穿白色小洋裝，手臂上挽著飄飄白紗，由於她身材十分嬌小，站在那男子身邊時幾乎都要埋沒在他的影子裡。

中間那男人卻是怪了，根本分辨不出他的年紀，只能看出他容貌英俊、身材高䠷、身姿挺拔，黑沉沉的頭髮稍長，以髮帶綁於腦後，眼睛也黑沉沉的，嘴唇淡薄，帶點讓人心涼的清冷。他的衣服設計有些奇怪，說是現代服飾，其實更近似於漢服，只是沒有長袍廣袖，衣袖是收口設計，衣服下襬只到膝蓋上方，說起來有點像風衣，卻又是描金暗線，繡工天成，簡直就像是古裝的改良版。

這男人並不比另外那個男子高，氣勢卻十分強烈，只用那雙清冷的黑眼微微一睨，就讓人忍不住一跪了之。

這三人的格調如此與眾不同，若是不知道的，還以為他們是要去參加一場奢華晚宴。

雲泰清看了他們一眼，就幾秒鐘，握在門框上的手指不由自主地捏緊，又放鬆開來。

「弄錯人了，」他說，「我不認識他們。」

美女的臉上露出一絲驚愕，他懶得跟她多說，轉身就想把門關上。

那個年紀稍長的男人一步跨來，用單手將門抵住，力氣之大險些將雲泰清推翻過去。

「泰清。」

雲泰清惱得不行，不明白事情為什麼會變成這個樣子。

「誰他媽是泰清！我叫張——小——明——張小明！要不要查查我的身分證？」

那人擰眉看著他，就像看一個撒潑耍賴的無知小兒。

「泰清，別鬧脾氣。」

雲泰清只覺血氣從胸口直沖頭頂，如果可以，他真想一口心血噴到對方臉上。

「鬧脾氣個鬼！你是我的誰！我不認識你！我……」

男人不理他，向美女點頭致謝，那位美女殘妝狼狽的臉上透出一抹嫣紅。然後他推門而入，完全無視雲泰清這個房間的主人，將他當作巨大的障礙物般輕鬆地推到一邊。

那人抬步進門，年輕的男女隨之而入，同樣向美女躬身屈膝作為感謝，古意而紳士。

最後進門的西裝男子輕輕關上門，禮貌地隔絕了那位美女熱情的視線。

三人一進門，就被房中混亂的景象驚呆了。

雲泰清知道這個房間很亂，但出院後身體不適，等身體稍好一點就跑來跑去辦事情，今天更是把自己搞得身心俱疲，連自身的外表都沒時間打理，更遑論這一屋子混亂。

房間裡唯一還算乾淨的，是他躺過的沙發，雲泰清懶得再想其他事情，直接倒在上面，閉眼睡了過去。

這回的夢裡沒有再出現追逐和恐懼。

夢裡出現的是那個不請自來的男人。

雲泰清的父母很早就離婚了，母親一個人獨自帶著他。他的母親是個女強人，離婚後奮發圖強，創出了一片自己的天地。但有失必有得，她太忙了，沒有時間管他，就常將他放在鄰居家中。

那個時候鄰里之間一片和氣，家家雞犬相聞，孩子們互相串門子、管幾天飯都是常事。緊鄰著他家西邊的，就是眼前這個人。

這個男人名字叫做「泰昊」，也可能是太昊，他不清楚對方姓什麼。話說回來，他曾問過住在那附近的人，可他們也都糊裡糊塗，什麼也不知道。甚至除了他之外，沒有任何人見過泰昊的真容。

剛開始母親沒在意管教雲泰清，雲泰清每天放學不願意獨自待在家中，就自動自發地跑到鄰居家，大家也很熱情地天天留他吃晚飯。

後來母親也不好意思，就請了人在家為他做飯。結果做飯的女人手腳不乾淨，竟同她的姘頭想要學電視裡的歹徒綁架雲泰清。

還是泰昊最先發現不對。

他們剛抓著雲泰清出門，泰昊也不知是哪裡得來的消息，迅速攔在他們面前，身邊那兩個一黑一白的男女上去就是一頓揍。

等那對狗男女被抓走時，兩人已是面目全非。

雲泰清的母親沒有辦法，也不敢再用自己兒子測試新人的忠誠度，只得任雲泰清隨便待在鄰居的家中。自從被救之後，相當長的一段時間裡，泰昊和他家的黑白無常都是雲泰清萬分景仰的對象，他那時人小，也不見外，多數時間都毫不客氣地待在泰昊的家裡。

說起來，泰昊這個人挺奇怪的。

他家從裝修方面開始，就和他人完全不同。

那個時候，一般人家裡都是用石灰水刷牆，弄點刷漆的木床木櫃，再來個蒙布的海綿沙發，就是非常豪華的風格了。泰昊家卻不同。一進門便是淡淡的檀木香氣，鏤空的雕花窗、紅木的多寶格、暗沉沉的巨大桌案，頂上點的是蓮花燈，地下鋪的是暗紅色地毯，在鄉下地方廁所都是公用居多的時代，他家居然還有獨立浴室，頓時就比其他人家的俗氣高出了不少。

雲泰清那時年紀小，也不明白其中的差異，總之就是覺得這風格太威風了。有的時候小伙伴們聽他的形容，羨慕得不得了，就求他帶他們也開開眼，可每次只要帶了其他人去敲門，那扇門永遠不會開啟，即使是他母親也一樣。幾次之後，雲泰清便歇了炫耀的心思。

若是沒有其他人在，他永遠能敲開那扇門。他從不見泰昊上班，只要他找泰昊，不管是什麼時間，泰昊都在那裡。

在泰昊家裡，常見到有人來來去去，穿著各種風格的黑衣或者白衣。他們有時會和泰昊在書房待很久，他問泰昊是不是打擾了他，泰昊總是說沒有。

從六歲到十五歲這九年期間，他和泰昊在一起的時間，比和母親在一起的時間還要久，有時候他真覺得泰昊就和他的父親一樣。

直到他最中二的青春期。

在說起那件蠢事之前，必須先說明一件事——

不知道是什麼原因，雲泰清的容貌和泰昊非常相似。

小的時候還不明顯，但到了青春期，他們就長得越來越像了。以至於雲泰清看了《血疑》之類的日劇之後，一直暗暗地覺得他絕對有個複雜到爆的身世。

以上就是造成那件蠢事的基本原因。

某一天，雲泰清和母親大吵了一架——至於為什麼吵架，他已經不記得了。總之就是那些妳不關心我、妳侵犯我的隱私之類的蠢事，最後他負氣冒著大雨跑到了泰昊家。

也不知怎地，那一天泰昊家的黑衣人和白衣人全都不見蹤影，泰昊親自來為雲泰清開門。

雲泰清一直覺得泰昊就應該是那種高高在上、等著別人來伺候他的人，這麼多年都是他家那些黑白無常來開門，他都習慣了，等發現是這位神仙親自把門打開的時候，他相當地震驚。

幽都夜話

那天的雨特別大，只是從隔壁過來就被淋得透濕。當時的雲泰清就像一隻被扔進雨裡的貓，面色蒼白、渾身發抖，泰昊也很少見地露出了訝異的神色。

泰昊問也沒問，就讓他進了家門，讓他進浴室清理自己。泰昊家的浴室總是有溫度合宜的水，哪像雲泰清家的便宜熱水器總是忽冷忽熱，一點也不方便。

等雲泰清將自己收拾好出來，卻見那本該睥睨天下的人正彎腰撿他濕漉漉的外衣，丟進洗衣籃中。

這麼多年他就沒見過這位大爺做任何家務──記著，是「任何」家務。

泰昊這個人啊，就算掉了筆也會等人來幫他撿，扔掉紙張也會有人跪著呈上，從來只有別人在他面前低頭，從未見過他在任何人面前低頭。

於是雲泰清整個人都嚇呆了。他穿著泰昊的衣服，如同一隻剛剛從水裡撈出來的貓，縮著脖子盯著泰昊。

那樣子，特別可愛。

泰昊注意到他靈魂出竅的表情，挺疑惑地問：「怎麼？」

雲泰清也不知道自己怎麼了，等那一波震驚過去，他說了一句特別特別傻的話：「……你是我爸嗎？」

然後泰昊很自然地回答：「是啊。」

「……等一下！你這句話到底是什麼意思啊！是你的確很像我爸還是根本就是我爸

啊！」

大概是泰昊淡定的回覆讓雲泰清思維混亂的中二病發揮了巨大的作用，他居然將自己心裡的話問了出來！

而泰昊的回答更是讓他始料未及。

「既然你問了，也不必再瞞你。我的確算是你的父親。」

他說：「親生的？」

對方靜默了一下，似乎對這個詞有點困惑，不過還是確定地點了點頭，「可以這麼說吧。不過……」

雲泰清沒聽他說完，直接衝出門去。

他就說嘛！明明是個陌生人，卻願意照顧他這個非親非故的孩子這麼多年，既然是有這一層關係，那就沒什麼好奇怪的了。

更何況，他和他長得那麼像！

雲泰清完全被狗血的家庭糾紛連續劇洗了腦，泰昊說完之後他就直接幻想了好幾段狗血情節，哪裡還有理智考慮那些壓根就不合邏輯的地方。

他母親卻比他清醒得多。

在雲泰清奔回家衝她怒吼追問的時候，她直接給了他兩個大巴掌，怒道：「你這個小王八蛋說什麼！我這輩子還沒見過隔壁那傢伙長什麼樣好嗎！」

纏。

雲泰清哪裡相信她，他完全忘記了先前吵架的內容，只緊緊抓著這不可言說的祕辛糾

而他親生的父親雖然和他母親離婚，有了新的家庭，但這麼多年也沒不管他。他認為母親不說實話，第二天就騎了一個多小時的自行車跑去找自己親爹，追問自己的身世之謎。

結果顯而易見。雲泰清的父親原本對他是自己兒子這一點深信不疑，雲泰清問出口時，他還當兒子中二病不輕，又是兩大巴掌讓雲泰清體會了一把滿天繁星的感覺。但等他聽完兒子重複強調的內容，臉色就變了。

他父親帶著他回到他母親家，質問那個男狐狸精究竟是誰。

他母親正為找他而急得火燒火燎，一聽前夫被他蠱惑得胡說八道，當場氣得臉紅脖子粗，撲上去向前夫拚命。兩人頓時將理智扔到九霄雲外，拳頭對巴掌打成一團。

他父親的新老婆是個老實女人，跟了過來，卻不敢加入戰場，只能急得團團轉，埋怨雲泰清：「你這孩子怎麼能胡說……你怎麼可能不是你爸的孩子……也不看看你的臉……」

這事越鬧越大，兩個人簡直要不死不休。

他們想去隔壁找泰昊問清楚，他母親說泰昊不是什麼好東西，他父親也抓著他說不見那男狐狸精這事就沒完。

雲泰清說了，有其他人在的時候泰昊是不會開門的，但兩人理都不理。

可以預想，最後吃了閉門羹。

他們又開始爭吵，比起他們離婚時的激烈程度更上層樓。

所幸那時已經可以讓一般民眾做親子鑑定，雲泰清怒極，順口大喊：「要不就做親子鑑定！」

他倆一聽，居然真的丟下工作，挾著雲泰清上了火車，去首都做那神祕的親子鑑定。

最後鑑定出爐，塵埃落定。

雲泰清的確是他倆的兒子，親的。

在一旁幫忙的護士撇嘴嘟囔：「爸爸跟兒子像一個模子刻出來的，還做什麼親子鑑定？簡直浪費錢！」

呵呵……真的夠閒的。

雲泰清很像他父親。

雲泰清也很像他母親。

但是他和泰昊更像。

然而泰昊和雲泰清的父母卻毫無相似之處。

這種結果簡直詭異。但他那時只是個蠢學生，一點也沒注意到這其中的邏輯問題。

那時親子鑑定的費用可是天文數字，白白花了這麼多錢，始作俑者雲泰清還能有好日子過？

他父母親對醫院的人唯唯諾諾，回頭就衝雲泰清怒目而視，目光中的熊熊烈火簡直要將他燒成灰燼。雲泰清抖了一抖，戰戰兢兢地等著巴掌落下。

雲泰清當然知道隨便聽外人的話不對，但他們這兩老也有錯啊，他就隨便說說，有必要興師動眾嗎？

美美地挨了一頓揍，他真的很想回去問問泰昊，他明知道他家庭複雜，難道潛伏九年就為了一朝折騰他？

但他母親說了：「泰昊這傢伙定然沒安好心，這地方不能住了，搬家！」

那時她奮鬥有成，積蓄不少，早有搬家的念頭，只不過捨不得老朋友、老鄰居，才一直拖著。如今卻是一朝拍板，迅速搬到了新家。

冷靜下來想想，泰昊當時說的話確實有些奇怪，只是雲泰清自己中二病發作沒有聽明白。仔細思考一下，就知道泰昊的意思可能和他想的不太一樣，只要他多問一句，說不定事情就不會鬧成這樣。

每每想到這一點，他就再也不想見到那個人了。

原因無他，太尷尬而已。

如今，泰昊卻又找上了門來。

在他已經不再是「雲泰清」的今天。

再醒來時，全身的痠痛已經消失無蹤。

雲泰清翻身坐起，簡直身輕如燕。

他之前總覺得又睏又累，總以為是車禍受傷的緣故；後來又覺得身體有些笨重，卻只疑心是做了太久的鬼，以至於忘了做人的感覺。直到這時他才發現，壓根不是那麼回事，原來人類的身體本該是如此方便輕巧，而非那般遲滯愚鈍。

屋外已然天光大亮，他這亂糟糟的小房間已被收拾得窗明几淨，陽光滿滿地灑落在沙發前方的那一小片地板上。那些毫無章法、略顯多餘的家具已消失無蹤，就連花架上的綠色植物都變得欣欣向榮、賞心悅目。

泰昊坐在沙發上，手裡正拿著本線裝手抄書。發現他醒來，他的眼睛才淡淡地瞟向他。

儘管作為張小明的時候他敢衝泰昊大聲喊叫，發洩心中的尷尬不滿。但現在身分洩露，在泰昊如有實質的目光之下，他再也提不起之前那樣的勇氣。

雲泰清迅速跳下沙發，想要假裝視而不見，沒想剛一落地，右腳就是一軟。

他連點緩衝都沒有，撲通一聲，正正跪倒在泰昊腳邊，眼睛對上了泰昊黑沉沉的眼神。

泰昊放下手中的書，仔細梭巡他全身上下，涼涼地問：「才多久不見，你又做了什麼？」

雲泰清滿心的悲憤委屈，可是想站又站不起來，手搭在沙發上，拚了命才勉強維持沒有癱倒下去。這時他才發現，他的右手肘和右腿膝蓋以下都沒了知覺。

泰昊伸出手，雲泰清以為他會扶他站起來，誰想泰昊竟然直接把他抱在膝蓋上，用一隻手按住他，抬頭向臥室喊道：「白麗。」

雲泰清臉漲得通紅，這種姿勢……這種姿勢他曾經非常熟悉，但那是他十歲以前！從進入青春期後，他就不准泰昊這麼抱他了！現在他都二十多歲了，居然又被這人抱在膝蓋上！這實在太尷尬了好嗎！

凌晨見過的白禮服女子走了出來，看見雲泰清這模樣似乎也吃了一驚，三步並作兩步，跪在他身邊輕撫他的右手和右腿。

雲泰清完全感覺不到她的撫摸。

但他一點也不害怕，他只覺得尷尬。感覺很早以前就發生過這樣的事情，而他很確定他們能輕鬆地解決問題，根本不用他擔心，他只需要為這要命的姿勢尷尬就好了。

嗯……

對啊，是發生過。

他還記得泰昊書房裡那張暗沉沉的書桌，他躺倒在書桌下方，鼻子裡可以聞到濃烈的血腥味，泰昊和另外兩個影子同時蹲下身來看他，在他上方形成三道黑色的穹頂。

記憶中斷在這裡。

白麗說：「他沾了毒水。但是他把毒水洗掉了，我現在無法分辨是什麼毒。花傑是怎麼回事！這麼重要的事居然沒告訴我！」

「泰清、泰清——」泰昊拍了拍雲泰清的臉，雲泰清這才發現自己又有點想睡了，「你到底碰到了什麼？」

雲泰清強撐起精神，把昨天的事情說了一遍。不過他稍稍隱藏了自己的愚蠢，大大誇大了苗阿妙的騙術。

白麗問：「那身衣服呢？」

他說在樓下的垃圾桶，幸運的話應該還沒被清理掉。

白麗匆匆地出去了。

泰昊又叫：「黑城。」

凌晨那個黑西裝的男子從他房間走了出來，也不知看懂了泰昊什麼暗示，轉身關上臥室的門，然後在門上敲了三次，又轉了三次把手，才將門推開。

雲泰清忍不住發出了一聲驚嘆：「哇靠！」

洞開的門內散發出淡淡的熏香，再與他那蝸居毫無關係。從這裡望去，可以見到那個他曾在泰昊家裡見過的多寶格。多寶格後方的空間不必看也知道，右側小几上有松柏盆景，環繞著香木圈椅，中間有青瓷魚盆，盆內的幾條青鯉悠哉地穿梭。

最內部是花梨木的長型書桌，桌上放著古色古香的文房四寶，房間角落裡還放著熏香爐，那淡淡的香味正是從熏香爐中飄出。

那裡就像泰昊的家。

雲泰清驚了，原來泰昊家根本就不在他家隔壁！那麼泰昊家到底是什麼東西？

黑城進去後沒關門，直接走向浴室，雲泰清能聽到他正將水龍頭打開放水。

白麗匆匆回來，對那異次元空間沒有一絲訝異。

「是倀虎和蟾蜍的雜合毒液，毒性可解，而且他也洗掉了，但要馬上處理。」

她走到雲泰清身邊單膝跪下，雙手一抱，竟然將他抱了起來！

雲泰清沒有絲毫準備，就從一個男人懷裡又落到了另一個女人懷裡，不由得驚恐地小小尖叫了一聲，所幸右手右腿都不能動，否則直接攀附到她身上，那他的臉還不丟盡了！

白麗將雲泰清抱進房間，那裡果然是泰昊的家，裝飾擺設沒有一絲一毫的變化。浴室也在他熟悉的地方。

黑城已經將水放好，白麗將他抱進去放在浴缸旁邊，黑城眉頭也沒皺一下，就和她合作無間地脫起他的衣服。

雲泰清身上本來就只有襯衫和內褲，黑城和站在門口的泰昊也就罷了，但白麗可是個女人啊！

「哎哎哎！不行！我自己來！我自己來……」

白麗擰著眉頭看他，就像在看一個不聽話的孩子，「像我沒看過似的。」

不等他反抗，兩人就將他扒得一乾二淨，丟進浴缸。在這期間，她連一秒鐘也沒耽擱，半秒也沒臉紅，襯托得他像個無理取鬧的小孩。

然後白麗又出去了一趟，回來時提著一個白色的小箱子。她將箱子放下，抓住頂部的把手一提，小箱子變成了長箱子；她又握住兩側的把手一拉，長箱子又變成了大箱子。

她打開側面的箱門，露出裡面無數的小抽屜。她口中念念有詞，一個接一個地拉開抽屜，抓出幾樣東西丟進浴缸。

那些東西雲泰清看都沒看清楚，就在浴缸的水中融化。逐漸地，隨著白麗扔進去的東西越來越多，水也漸漸變得混濁，水面甚至開始翻滾，就像起了什麼化學反應。

等扔完藥材，白麗又從箱子裡抽出一根細長的棍子，開始在浴缸裡攪拌。

折騰完這些之後，白麗又拿出一個沙漏，在上下底座調整了一下，放在浴缸的平臺上。

「等這沙子漏完，才可以起來。」

她收拾好東西，又按住箱子上的把手，將大箱子收成小箱子，才和黑城一起離開。

浴室裡只剩下雲泰清和泰昊。

泰昊的臉色很不好看。

泰昊天生喜怒不形於色，就算變臉也看不太出來。但雲泰清還是小孩子的時候就常和他在一起，對於他的情緒變化基本上不是看臉，而是靠他發散的氣勢，或者是雲泰清自己的本能。

他感覺得到泰昊很不高興，正在發散著很糟糕的鬱氣。

黑城大概覺得泰昊站在浴缸邊上有點詭異，又進來一次，為泰昊搬了一把高背木椅，離開時還貼心地關上了浴室的門。

泰昊大馬金刀地坐在椅子上，和浴室的風格極度不搭。

雲泰清有點想笑，又覺得不合適，有點不敢。

其實，雲泰清是怕泰昊的。

那些尷尬、興師問罪、埋藏在肚子裡的疑惑……只要看到泰昊的眼睛，他就一句也不敢說。

雲泰清以前一直以為這就是父親的權威，在長時間見不到親生父親的情況下，他就會把這種權威當作理所當然的代替。

可是現在有點不太對勁。

泰昊根本就不是他想像的普通人。

雲泰清問：「你怎麼知道是我？」

雲泰清已經死了。他做了半年的鬼，剛剛復生，泰昊就準確無誤地找了上來，並且對著張小明的臉叫出了他的名字。

泰昊說：「你的銀行帳戶發生了變動。」

雲泰清：「……你說什麼？」

他以為泰昊的回答一定是複雜的、酷炫的，甚至是靈異到他這普通的鬼魂都無法理解的，誰想到竟是如此科學的解釋？

這不科學啊！

「你死去之後，我一直讓人盯著你的財產——實際存在和不存在的，包括東西和人。」

雲泰清想了半天才明白他說的「不存在的」是指虛擬財產，包括銀行裡的存款。

「周建成和方躍華……」

泰昊的眼中閃現出異樣的輕蔑，「你的東西，他們什麼也動不了。就在前兩天，負責監視的人說，你的其中一個帳戶用你的名義把所有的錢轉了出去，而轉入的帳戶並不是周建成或方躍華的。所以他費了點功夫，順著這個線索找到了你。」

雲泰清目瞪口呆，泰昊這些話的訊息量太大了！和他原本的猜測南轅北轍！這完全不在他的預料之中啊！

這時，水底下的肢體開始麻刺刺地恢復知覺，就像蹲麻的腿突然站起來的時候一樣，又癢又痛，簡直無法忍耐。

泰昊看著他變化萬千的臉，說：「今天情況特殊，有什麼問題，你都可以問。但是你的問題我只回答一次，在應當的時間到來之前，我們再也不會說起這些。」

他現在什麼也不想問！他只覺得好難受！

但當年在泰昊的照拂之下，他也很少跟他說真話，凡是關於泰昊自己的事情，他都沒跟雲泰清說過一句——確切地說，泰昊幾乎不怎麼跟他說話。今天他們說的話，頂得上以前好幾個月了。

雲泰清考慮了半天，還是沒抵擋住心中的好奇，又問：「其實我只想問兩個問題：第一，你這麼多年一直監視著我嗎？第二個，你知道我會復活？」

泰昊看著雲泰清，雲泰清假裝鎮靜，實際上卻如坐針氈，甚至連麻痛的肢體似乎都不那麼痛了。

泰昊淡淡道：「你想問的只有一句，那就是『為什麼』。我為什麼要監視你，我為什麼很確定你會復活，我為什麼會告訴你我是你的父親。」

沒錯！他非常想知道！非常非常想！可最後一個問題他甚至不敢問出來！

雲泰清能感覺到自己好奇的情緒如蜘蛛網一樣輻射出去。

「這三個問題都是同一個問題。」泰昊說，「我是你的父親。不過和你的親生父親不一樣。現在還不到時間，我沒有辦法跟你解釋，你也最好不要知道。」

雲泰清震驚了。

什麼叫不能解釋！你是我爸……那我爸又是誰！

明明親子鑑定都確定了我是我爸媽親生的沒錯，那你這個「父親」又是哪裡來的？什麼叫沒辦法解釋！什麼叫和親生父親不一樣！是就是，不是就不是，怎麼你說起來這麼複雜呢！

「正因為我是你的父親，你是我的孩子，我為了確保你的安全，所以你必須在我的監視之下。也正因為你是我的孩子，所以我知道你一定會復活，這是我為你設定的機關，讓你逃脫危險的最後手段。只要你的魂魄仍在，你就能復活。只不過我並不知道你會復活在哪裡，所以需要監視你留下的東西。只要你復活，或早或晚，一定會與從前的一切有所聯繫。」

這段話的訊息量比剛才還大，不過這會雲泰清聽懂了。

「還有一個問題……你已經監視我這麼多年了，以後也可以繼續讓別人監視我，為什麼這次會親自出現在我面前？」

自從十五歲那場自找的災難之後，雲泰清再也沒有見過泰昊。時間已經過去了十年，如果泰昊不說，雲泰清永遠也不會知道自己的人生在另外一個人的掌心裡。如果沒人提醒，他甚至忘記了泰昊這個人，忘記了那場泰昊語焉不詳而導致的家庭戰爭。

那麼，現在泰昊為什麼要親自出現在他的面前？

泰昊看著雲泰清，輕輕地發出了一聲嘆息。

「你出生的時候發生了一點問題。你的魂魄損壞，造成了肉身不穩。而我因為一些事情，不能出現在你身邊，他們想了很多辦法，希望能解決你的問題，我甚至請了……專家來給你治療，但只能治標，不能治本。因為你被傷到的不是身體，而是魂魄。」

出生的時候……

六歲之前的事情雲泰清都不太記得了。只是聽母親說過，那個時候他的身體不好，時不時就要來一場大病，幾乎回回都要了他的小命。幸運的是，每次他都能遇見某位知名的「神醫」，險險從死神手中掙脫，就像有神仙在隱隱庇佑著一樣。

「後來有人給了我這個『須彌芥子』。」

泰昊用手指著雲泰清一直以為是他家隔壁的地方。

「我利用這裡，把你接到我身邊，用自己的力量幫你修正魂魄錯位。大概用了九年的時間，才堪堪將你的魂魄補好。當時大約是有點太高興了，對你說了些不該說的話，在那之後，我就沒再見過你。我想，你應該也不想見我。」

雲泰清驚悚地想：什麼高興？你那張臉什麼時候高興過？我怎麼看不出來啊！

「但是你被人殺死了。重新復活之後，由於奪來的身體不能與魂魄完全契合，再次出現了魂魄錯位。儘管知道你並不想見我，我也沒有辦法，除了我自己來為你修補之外，我想不出還能怎樣解決這個問題。」

不要說得那麼幽怨啊！

雲泰清趕緊解釋：「我也不是真的不想見你！只不過……」只不過，三分尷尬，三分埋怨，又有三分羞愧，還有一分說不清的複雜情緒，以至於他不知該如何是好。

痠麻的肢體又開始痛癢，如同皮膚下埋著大片針山，要不是必須得泡著，他簡直坐立不安。

泰昊大概從他的表情中猜到了什麼，沒有再說下去，只說：「你已經問了很多，你還可以再問最後一個問題——只有一個。」

可是他還有很多問題啊！

但泰昊既然這麼說了，他也沒辦法，搜腸刮肚總結了一下亂紛紛的腦子，最後匯成了一句話——

「你到底是誰？」

泰昊黑沉沉的眼睛彎了一下，露出一個近似於微笑的表情來。

「這個，還不到讓你知道的時候。」

泰昊站起來，向外走去。

雲泰清趕緊趴在浴缸邊緣叫道：「這個問題你沒有回答！那我還可以再問一個問題！」

泰昊手握在門把上說：「你問。」

「我被人殺死，也在你的預計之中嗎？」

泰昊猛地回頭，用一種雲泰清無法理解的表情盯著他看了好一會，看得雲泰清背後直冒冷氣。

有那麼一瞬間，雲泰清甚至以為泰昊要過來打他了。

泰昊當然不會做那種事情，最終只是搖了搖頭，開門出去了。

雲泰清把自己深深地埋進浴缸裡，總覺得最後一個問題……好像問錯了。

第三章

YUTOYAWA

那藥浴果然很神奇。

等雲泰清從浴缸裡出來的時候，水已經由混濁變得清澈，就像那些藥材完全吸收進他的身體裡一樣。他的右手和右腿也恢復了知覺，甚至比以前還要更加靈活。

但泰昊明顯完全不滿意，他看著雲泰清的表情就像看著一坨垃圾。

雲泰清知道是自己滿臉鬍子和滿頭亂髮的緣故，在泰昊譴責的目光下，他拿起錢包低頭出門，找個理髮店好好把自己整理了一下。

再回來時，雲泰清剪了一頭清爽的短髮，鬍子也刮得乾乾淨淨。

泰昊望向雲泰清，目光中的殺氣稍微減少了一點，但還是有點恐怖。

雲泰清有點不開心，忍不住說：「我都把自己打理乾淨了，有必要一直對我露出這種表情嗎？我知道這身體不夠帥，我也沒辦法……」

泰昊坐在沙發上，如同坐於王座，捏著書卷的手卻繃得死緊，青筋畢露，「我並沒有說你的外表……這次你只不過遇到兩個無能的怪物，要不是花傑幫忙，你甚至都逃不出他們的掌心。好好想想，你都不覺得丟臉？」

「……那隻花貓也是你的手下？」這也太神奇了吧！不過也是，當時那隻花貓跳得也太巧，正好幫他解圍，說不是刻意都讓人不敢相信。

泰昊皺眉，算是承認了。

然後雲泰清發現自己歪樓了，趕緊把話題導正回來：「不是……你說我吧，在死之前可是個無神論者，這死了之後好不容易打開新世界的大門，怎麼可能突然就能大殺四方？」

泰昊繼續用那種看垃圾的眼神看著雲泰清，「總之，你這個樣子就不要出去丟人現眼了。」

泰昊叫來黑城，指著雲泰清說：「泰清就交給你。你有三天的時間，把他給我初步調教出來。」

雲泰清有點不好的預感，「為什麼是三天？」

泰昊反問：「那兩個怪物為什麼沒來找你？」

雲泰清說：「……因為我很厲害？」

泰昊用無可救藥的眼神看著他。

「因為我傷了其中一個？」

泰昊的目光稍微緩和了一點。

雲泰清總算明白了！

「也就是說，三天後他們會來找我報仇？不不不！我絕對不是他們的對手！我要搬家——」

張小明這身體跟那兩個巨漢相比，完全是天上與地下的區別好嗎！要不是用了點花招，攻其不備，他這個普通人類是絕對逃不掉的！到那個時候，泰昊也不必找他了，直接等他再次復活就好了。

「搬家也沒用，少爺。」黑城說，「那兩個倀鬼能感應您，只要您離開這裡，不管在哪，他們都能找到您。」

雲泰清無可奈何。

「……你別叫我少爺。實在不行就叫我小明吧，少爺這稱呼太詭異了。」

黑城看了泰昊一眼，泰昊不置可否。

「那好吧……小明。」

然後雲泰清和黑城兩人面面相覷。其實這個稱呼也挺詭異的。

白麗在裡屋撲哧一聲笑了。

「……你還是叫我少爺吧。」

泰昊一甩手，將書扔在地上，「還不快去！」

白麗立刻止了笑聲，低頭小步奔出來替他撿書。

黑城迅速關上門，打開了泰昊家的門扉，然後無視雲泰清不開心的表情，掐著雲泰清的脖子將他推了進去。

雲泰清掙扎兩下，最後還是認命地沒有反抗。

反正反抗也沒用。

最有可能罩著他的泰昊正在那裡虎視眈眈，等著看黑城虐待他呢！

在門關閉之前，雲泰清露出了一個無限悲傷的表情，希望能得到泰昊的一丁點憐惜。

可惜泰昊完全沒理會他。

以前雲泰清待在泰昊家的時候年紀還小，沒想過仔細觀察；如今再次回到這個地方，他忍不住好奇地探查著這個泰昊稱為「須彌芥子」的地方。

他還記得以前來這裡的時候，可以從客廳的窗戶看到外面。其他小朋友的聲音雖然傳不進來，但還是可以看到窗外的大樹，看到小伙伴們玩耍的情景。因此他從來沒懷疑過，這裡竟然是一個異次元空間！

如今他跪在窗邊圈椅中、用和小時候同樣的姿勢趴在窗戶上，窗外已看見過去的景象，卻能看到張小明那小小的蝸居，看到泰昊坐在跟他完全不搭的寒酸沙發上，白麗正雙手捧著書卷交給他。

不知道為何，雲泰清很不喜歡泰昊坐在那寒酸沙發上的感覺。他覺得泰昊就應該坐在巨大的高背龍頭交椅上，斷生死，定輪迴。那張小沙發實在太煞風景了。

黑城走過來，對他說：「訓練場已經打開了。」

他默默地看著他。

他也默默地看著他。

黑城：「？」

雲泰清說：「……你看不出來我走不動了嗎？」

不知道是這圈椅不符合人體力學還是這身體太缺乏鍛鍊，就跪了這麼一會，他的肌肉

幽都夜話

已經不能動了。簡直就跟昨天一樣，肌肉又開始疼了啊……

黑城歪頭觀察了一下雲泰清，伸出指頭捏了捏雲泰清腿上的肌肉，雲泰清疼得倒抽一口氣，黑城覺得他不像是在騙人，立刻開了門對外面說：「主子，少爺又不能動了。」

白麗的聲音傳進來：「啊！我忘記了——」聲音又低下去，似乎在講悄悄話。

雲泰清透過窗戶看見她遲滯了幾秒鐘，動了動嘴，又低頭同泰昊說話。

泰昊聽完她的匯報，對她露出了一個冷冷的表情，然後站起身向這邊走來。她一臉做錯事的樣子跟在後面，妄圖將存在感縮到最小。

泰昊走進來，一隻手放在雲泰清的額頭上。很奇怪，泰昊的手掌一碰觸到他，他身上的肌肉就像解了鎖，突然又能動了起來，也不再感到疼痛。

泰昊收回手，說：「你現在的情況比小時候還嚴重，而且這次中毒太深，我們必須停留在同一個空間裡。這個『須彌芥子』和外面的空間不同步，以至於我們的聯繫一旦中斷，你就會回到以前缺損的狀態。」

雲泰清簡直無語了，「也就是說，我以後都必須時時刻刻和你在一起？」

「不，在同一個空間的時候，只需要保證短暫的接觸，然後你可以去任何地方。」

雲泰清說：「那不是……很不方便？」他覺得這位神仙肯定是能上天入地的，結果得陪他拴在這裡，當個隨身的行動電源，挺不公平的。

泰昊又摸摸他的頭頂，黑沉沉的眼睛裡閃爍著淡淡的光芒。

「你放心，我一定會護住你。」

雲泰清並沒有時間細細品味他說的話，泰昊將他抱了起來，毫不留情地扔進訓練場。雲泰清還沒來得及回味被這位神仙抱起來的神奇待遇，就已經被丟在了青石板地面上，摔得頭都暈了。

「你為什麼這樣冷酷地對我！為什麼！你這樣讓我的心好痛啊……」雲泰清向泰昊柔弱地伸出一隻手，秉承著偶像劇的原則做了一個捧心的動作——

黑城做出了嘔吐的表情，臉都綠了。

泰昊早已習慣了他不按牌理出牌，一點反應也沒給他，直接將訓練場的門關上。

訓練場在後門外。雲泰清小的時候，他們總不讓他從那扇門出去，他也不是非常好奇，因為從後窗戶看去，跟他家後院的景色差不多。

如今進了訓練場，雲泰清只有一種感覺——這他媽是訓練場？這是羅馬競技場吧！

這訓練場的占地甚廣，穹頂半圓，透明玻璃罩外甚至能看見黑色天幕、陰雲、皎月與辰星。訓練場地面一半鋪滿細沙，一半鋪滿粗糙的青石板。環狀的牆壁上，滿滿地安置著從古到今能想像到的所有武器，包括冷兵器、熱武器以及標靶。

雲泰清一進到訓練場，還沒為那巨大的場地和琳琅滿目的武器驚嘆，黑城已經脫了外衣，只穿著黑色背心和長褲，走到一旁拉開其中一座武器櫃，那後方是一道獸欄，裡面有三隻不知名的怪物。

當他將那怪物用繩索拖出來的時候，雲泰清才發現那並不是三隻怪物，而是一隻三頭怪物！三頭狗身，六目血紅，身軀高大，咆哮時口中還不停噴出淡青色火焰。

「我的天那不是地獄的三頭犬嗎！」

雲泰清驚叫出聲，黑城的表情連動都沒動，但他肌肉隆起，青筋爆出，身體像弓一樣拉得死緊，連旁觀者都能看出他究竟用了多大的力氣才把那畜生控制住。

然而他的聲音卻是輕描淡寫：「少爺，這畜生我不太能拉得住，所以等會放開的時候您一定要跑快點，否則被抓住就死定了。」

雲泰清驚了：我靠！你他媽的能不能不要用這麼淡定的語氣說出那麼恐怖的臺詞！

「我——我不是你主子的孩子嗎？你要是真的把我殺了，泰昊不會要你的命嗎？」雲泰清瑟瑟發抖。

黑城說：「不能把您訓練好，主子才會要了我的命。」

說著，他的手毫無預警地放開了。

一團黑影如離弦之箭般向雲泰清直衝而來。

雲泰清完全忘記了面子之類的問題，一路尖叫著竄了出去。

為了不讓三頭犬追到，雲泰清只能繞著訓練場跑。這樣一來，他就需要在沙土和青石板上交替奔跑。而他這個蠢蛋，只知道要在室內訓練，連運動鞋也沒穿，就赤著腳在場上狂奔。

沙土地雖然難跑，但腳不疼；青石板地雖然跑得快，但腳都快爛了啊！

那畜生也不知是通還是不通人性，黑城站在那裡，牠連看都不看一眼，只緊緊追著雲泰清這個冤大頭，不死不休。

昨天從兩個巨漢手中逃脫時，雲泰清雖然是慌不擇路，但大概能估算出自己跑了一、兩公里。只是這麼點距離，就已經把他累得幾乎要喘不過氣。

今天這三頭犬的速度豈止是離弦之箭，簡直像狂風一樣追在他後面狂吼亂叫。他用盡力氣，以最快的速度一路狂奔，只恨張小明的爸媽當初給他少生了兩條腿。

繞著周長足有好幾公里的訓練場，雲泰清尖叫著跑了一圈，然後又一圈，再然後有點懈怠，肺葉喘不過來，速度便不由得降了下來。而那三頭畜生瞬間就追了上來，在他屁股上咬了一口……撕掉了他褲子邊緣的一片布。

於是他又尖叫著跑了三圈。

雲泰清發誓，那三頭畜生咬掉他屁股上的布料時，絕對是在狂笑！

當雲泰清跑完第二十圈的時候，黑城拉住了三頭犬。

雲泰清只覺得嗓子火燒火燎，又跟著慣性跑了幾步，然後撲通一聲倒在地上，動也不動。

他可憐的肺猶如風箱一樣，裡面燒著火，嗓子撒著沙，像是有人拚命地拽著機關，逼迫它繼續玩命地工作。每一口呼吸，都產生強烈的燒灼感，特別銷魂。

奇怪的是，他的肌肉並不感到疼痛。他可以感覺到累、感覺到疲憊，但和昨天逃跑後的那種劇痛相比，簡直都不算什麼了。

雲泰清趴在地上，一時半會動彈不得。白麗跑過來，也不挪動他，就只餵了他一瓶水，然後又走開了。

而剛才讓他緊張得你死我活的三頭犬卻像隻剛剛發洩完精力的普通大狗，咧著嘴，歡欣鼓舞地又往他身上撲。牠巨大的身體都能趕上馬匹了，儘管黑城已經十分注意，也硬是沒拉住牠，牠猛撲在了雲泰清身上，三個腦袋沒頭沒腦地在他臉上輪番舔舐。

雲泰清好不容易緩過氣來，拚命躲避著那隻狗的非禮。

「剛才……那他媽的是……陷阱……對吧？啊？這傢伙……」

「哦，是的，牠其實沒那麼危險。」黑城站在一旁回答得一點都不虧心，「對別人不好說，但牠很喜歡少爺您的，您以前經常跟牠玩這種遊戲，所以剛才牠只是興奮過頭了而已。」

雲泰清喘著氣說：「我不……記得……」他還有跟這種地獄神犬玩耍過的經歷？如果有的話他不應該忘了才對啊！

黑城笑笑，站起身來，把三頭犬向武器庫門後拖。三頭犬轉頭望向雲泰清，六隻眼睛濕漉漉的，表現出依依不捨的樣子。

嗯……這種眼神倒是有點眼熟……

不等雲泰清想清楚，一雙女人的手從後方伸來，輕輕鬆鬆地攬住他的腰，將他拎起來扛在肩上，走出訓練場。

他可憐的胃正頂著她肩膀上的骨頭尖端，這一路走下來，他簡直快要吐出來了。

「您行行好，把我放下來吧，我自己走……」

白麗依言將他放下。雲泰清剛想說除了肺喘得痛之外也沒什麼問題，就突然腳下一軟，一個五體投地趴在地上，腦袋和訓練場外黑沉沉的木地板相撞，發出「砰」的一聲。

她得意地說：「看吧，您這絕對是鍛鍊不足！」

雲泰清動都不能動，還是忍不住怒道：「有本事妳也學我跑個二十圈！而且還沒吃飯——對了！我從昨晚就沒吃飯！我今天早上也沒吃飯！光叫馬兒跑，還要馬兒不吃草，你們是有多狠啊！」

白麗又將雲泰清扛起來，說：「這很正常。您不覺得自從復活之後，您的胃口就不太好，甚至有一段時間您根本就不想吃飯？」

他無奈地屈服著趴在她肩上，直到浴室才被放下來。

「這是給您修復身體的藥，每次訓練完來泡一泡，您自然知道好處。」

她又自然而然地彎身來解他的衣服，小禮服下的胸脯脹得鼓鼓的，隨著她的動作幾乎要貼到他臉上。

雲泰清趕緊後退，以防自己做出什麼愚蠢的舉動。

「不想吃飯啊……哦，那個……嗯……」他結巴了一下，才逐漸找回思緒，自己背過身去脫衣服，「我剛活過來的時候確實是這樣，不過出院以後就沒事了，雖然食欲還是不好，不過能吃得下去，而且偶爾也會感覺到飢餓。」

浴缸裡又放滿了黑色藥水，正散發著詭異的味道，時不時冒出幾個恐怖的泡泡。雲泰清有種錯覺，彷彿水裡潛藏著可怕的毒蛇，就等著他一腳踩進去準備咬他一口……

脫光了衣服，他慢慢地伸進去一隻腳。

沒發生任何事。

他鬆了一口氣，將另外一隻腳放進去，然後全身泡進水裡。

白麗又拿出了那根細長的棒子，在水裡攪拌。

「您不是這具身體真正的主人，這具身體默認自己已經死了，所以您的魂魄待在裡面很辛苦，只能維持自己的『存在』，卻沒有餘力讓這具身體真正地『活過來』。如果奪取這具身體的魂魄不是您，或者主子沒找到您，您就會逐漸變成腐爛的行屍，而不是偶爾還能吃飯的活死人。」

雲泰清想了想那種景象，打了個冷顫。

他以前見過奪舍的鬼魂，奪舍之後就如生人，雖然也有不自然的地方，只是他跟蹤的時間不長，壓根沒想到後續還有這麼多麻煩事。

「那我以後還能恢復正常嗎？」

白麗停下攪拌，用奇異的表情看著雲泰清，「那要看您覺得怎樣算『正常』了。」

「什麼意思？」

她又開始大力攪拌，棍子不時碰到他的腿，簡直有種正在被人抽打的錯覺。

「修復這具身體，像真正的活人一樣，可以正常吃飯，娶妻生子，和喜歡的人白頭到老，這是正常；乖乖待在主子身邊，從此以後不活不死，不須進食也不須排泄，保持容顏，一直活到您不想活，也是正常；離開主子，獨自生活，漸漸變成會腐爛的行屍，然後塵歸塵、土歸土，這還是正常。您覺得您想要哪種？」

「……第三種聽起來挺慘的。」

「那您想要第一種還是第二種？」

雲泰清想了想，最後說：「其實，不管是哪一種，都不是我想要的。」

白麗露出了吃驚的表情，呀然道：「那您想要什麼？」

雲泰清笑笑說：「我要周建成和方躍華得到報應。」

「那您自己呢？」

雲泰清撓了撓頭，無奈地說：「我已經死了啊。」

白麗停下攪拌，收起那根棍子，摸著他的頭說：「您其實是想要第三種。」

他看著她傻笑。

她撫摸他頭頂的手將他的腦袋固定住，然後另一隻手一巴掌揮了過來，打得他眼冒金星。

「臥了個大槽！妳這女人——打人不打臉懂不懂！」

她反手又是一巴掌。

雲泰清簡直要暴跳了，可惜被她按得死緊，一動也不能動。

白麗啪啪啪又是好幾巴掌，打得他眼花繚亂花團錦簇色如春花……

靠！這女人千萬別落到他手裡！不然非讓她知道什麼叫做上窮碧落下黃泉，求生不得，求死不能……

泰昊一腳踹開門進來，低喝一聲：「白麗！」

白麗總算停下荼毒的爪子，居然還有臉把他們剛才的話又重複了一遍，然後抹著眼淚衝了出去。

雲泰清氣急敗壞，心道：老子還沒哭呢！妳這個打人的凶手哭個鬼！

泰昊瞥他一眼，眼神有點複雜，卻沒有輕視與失望。

雲泰清苦笑道：「你也覺得我矯情……」

泰昊走了過來，輕輕地摸著他被白麗打腫的臉，低聲說：「不管你想要怎麼活，那是你的選擇。」

雲泰清無語。

自從活過來以後，他的目標就非常清楚。他要親手報復周建成和方躍華。除此之外，他完全沒有其他想法。

賺錢嗎？他活著的時候錢已經很多了。

要權嗎？有錢的時候自然有權。

活著的樂趣嗎？一知己一愛人，說翻臉就翻臉。

奮鬥的意義嗎？汲汲營營多少年，是非成敗轉頭空，青山依舊在，幾度夕陽紅。

他已經來過，活過，愛過，被恨，被殺，被背叛。

他的父母都已經再婚，有了新的家庭，並接受了他的死亡，恢復了沒有他的平靜生活。

那他再活一次還有什麼意義呢？

「不過……」

雲泰清抬頭，發現泰昊依然在他的面前，輕撫著他的臉，用黑沉沉的眼睛盯著他。雲泰清一時竟然看不出他的情緒。

「不過，既然你覺得活著也沒什麼動力，不如想辦法弄死那兩個怪物，算是為人間除害，也算沒白活一回。」

說得好像很有道理的樣子……但我本來就只想要安穩地死去啊！更何況我現在根本不想死！我還沒報完仇好嗎！

然而他的這句話在泰昊的眼神下，沒能說出口。

這一回的藥沒支撐多久，十幾分鐘就已經吸收得只剩下清亮的水。

黑城就像算好了一樣，雲泰清剛剛穿好衣服，他就衝了進來，又捏著雲泰清的脖子進了訓練場。

這回又是那隻三頭犬。

他才不害怕呢……

三頭犬吐著舌頭，張著閃亮的利齒，噴著口水向他撲來——就像一片巨大而恐怖的陰雲。

「啊啊啊啊啊啊！」

雲泰清知道牠喜歡自己，但這種喜愛程度實在驚得人小心肝都要碎了啊啊啊啊啊啊！

於是又是二十圈……再加二十圈。

「為什麼不停為什麼不停為什麼不停啊啊啊啊啊——」

黑城呵呵地笑，觀賞著自己的指尖，「反正少爺您也不想活，左右都是死，不如我們選個最困難的。」

「我就知道我就知道我就知道！你和白麗那女人沆瀣一氣對不對對不對對不對媽呀呀呀呀呀！」

等四十圈下來，雲泰清已經幾近昏迷。

白麗又扛起他，將他帶到浴室，將他扒光丟進浴缸。

就這樣，雲泰清活活地被他們折磨了一整天。

當一天的訓練結束，雲泰清被泰昊抱著走出「須彌芥子」的門時，外面已經天黑了，路燈的光芒斜斜地照射進來，為他這狹小的房間帶來了一絲光亮。

他的腿已經軟成麵條，肺疼得就像剛剛被砂紙磨過，肌肉……他感覺不到它們的存在了呵呵呵呵……

泰昊將雲泰清放在了小沙發上，他順勢躺下，覺得可以就這樣一直睡到地老天荒。

泰昊卻在他腳邊坐下，緊緊地挨著他。

雲泰清說：「你還是去臥室的床上睡吧。我看白麗收拾得挺乾淨。」

泰昊才不適合這張小沙發，當然更不適合他這個蝸居，但他又不能離開泰昊，所以他睡沙發，泰昊去臥室睡覺才是最好的選擇。

泰昊說：「不了，我在這裡多等一會，你能恢復得快一些。」

「要不我們還是回你那個『須彌芥子』裡去吧，那裡地方大一點。」

「你不喜歡那裡。」泰昊說。

雲泰清不說話了。

他確實不喜歡那裡。即使泰昊在身邊，他也有點憋悶的感覺，就好像和世界斷了線。

雲泰清看向泰昊，泰昊也看著他。

光線很暗，雲泰清看不清泰昊的表情，但他知道泰昊應是有點傷心的。

泰昊花了這麼大的力氣，保護他這麼多年，等他復活，又來繼續照顧他。而他卻說，自己不想活了。

「……對不起。」雲泰清說，「其實我只是……」

「我知道，你沒有活著的動力。這不是你的問題。」

「啊？這當然是我的問題，我這人就有點得過且過……」

「這不是你的問題！」泰昊提高聲音。

雲泰清心肝一顫，瞬間靜音。

「這不是你的問題……」泰昊又說了一遍，「是……」

「那是誰的問題？」

「快睡吧。」

雲泰清只得壓著滿肚子疑惑，乖乖閉上眼睛。

泰昊輕輕嘆了一口氣，一隻手輕輕地放在雲泰清頸側，感受著他的脈搏。

「是我錯了。她那麼恨你，我怎麼能讓她來救你……」泰昊幾近無聲地呢喃，「是我錯了……」

第二天的訓練簡直稱之為地獄也不為過。

當然，今天雲泰清沒忘記穿上運動鞋。

黑城說得好聽，「少爺，我們今天來練習搏擊。」

而事實上，雲泰清覺得黑城壓根就沒想讓他練搏擊！黑城只是想用他來練搏擊才是！

雲泰清從小就是個好學生，德智體群美全面發展，但那不表示他精通武術啊！何況他現在還換了身體好嗎！

黑城直接對他表演了一套武當長拳，拳風獵獵，花團錦簇，雲泰清歡快地拍手表示好厲害。

他面不改色地收拳，告訴雲泰清：「少爺，我們來對打。」

雲泰清說：「我不是武學天才，你不用這麼看得起我。」

黑城不答，甩開膀子就攻了過來。

其實，在雲泰清還是雲泰清的時候，也是個經常打架的傢伙。

創業是艱難的工作，跟人搶資源、爭地盤，有的時候甚至不需要什麼理由，對面開餛飩麵店的看見你的小吃攤生意不錯就能引發一場大戰。

雲泰清、周建成以及其他的合伙人都是半工半讀的大學同學，血氣方剛，一碰就炸，怎麼可能被人欺負也不吭聲？更何況，你退一次，以後就要退百次，大家看你好欺負，以後每次都欺負你。

於是他們創業的頭一年，是在各種各樣的口角和拳腳中度過的。

他們也沒學過武術，打架的時候主要是靠一股狠勁，再加點技巧，除此之外能發揮的不多。畢竟他們又不是黑社會，只要把對方打退他們就贏了。所以他專門跟人學過打哪裡最痛，抓哪些痛腳能讓人立刻投降，能把一場戰鬥的時間壓縮到最短。

但是！今天和以前都不一樣啊！

不僅這具身體反應力低下，黑城這位對手也不是以前遇到的那些混混，廢柴如張小明哪裡能抵擋得住，嘗試著模仿了兩招，結果黑城一拳過來，雲泰清就覺得骨頭都要裂掉了。

黑城專門往他身上肉厚的地方招呼，雲泰清被打得嗷嗷亂叫，轉身想跑，又被一腳絆倒，拳頭像雨點一樣落下來。

雲泰清被打得只剩下一口氣，然後又被弄到浴室裡泡藥浴。

泡完之後又被拖到訓練場，黑城再對他打了一遍長拳。

奇怪的是，雲泰清覺得黑城這次的速度好像慢了許多，有些動作他原本看都看不清楚，這一次卻明顯看到了。

然而，這並沒有什麼用處。他仍被打得慘叫連連，無處逃竄。

第三次泡完出來，他都有點害怕了，但黑城壓根就不在乎他怎麼想，又在他面前打了一遍長拳。

黑城的速度依舊沒有變化，但在雲泰清的眼中，他的拳路逐漸化作緩慢的分解動作，一動一靜，雲泰清都瞭若指掌。

雲泰清不由自主地使用著生澀的拳法，在黑城揍他的同時，他也能看出黑城的死角與弱點，居然有好幾次都一擊即中。

然而，那依然沒有什麼用處。

因為這具身體的肌力太差，他明明打中了黑城，黑城卻面不改色地將他踹了出去……

重複了數十次後，他終於能與黑城過個二十招，雖然被打得雙臂腫痛，但無論如何也算有了驚人的進步。

他還來不及歡喜，黑城只誇獎了一句「還不錯」，就換了拳路。

這回黑城沒有介紹是什麼拳，不過根據他被打到基本上全身癱瘓的情況來看，不像是同一種拳。

黑城點頭說：「沒錯，同一種拳的傷害點都是差不多的，而我並沒有用同一種拳，所以您的傷害點會遍布全身。」

雲泰清癱瘓著躺在地上，「……我以為你今天是教我拳法的？」

「我不是要教您長拳，而是要教您怎麼搏擊。」黑城說，「您記住，所有的拳術都是用來打架的，長拳只是個基礎，真正的拳術沒有路數，隨機應變才是掌握勝利的保證。」

這叫什麼隨機應變？根本是教了「加減乘除」，就說「學會了吧？所以我們來解一道函數題」！

雲泰清吐了幾口血，一路滴著血被白麗扛走。

這天的時間特別漫長，雲泰清覺得自己在浴缸泡了八十多回，全身骨頭盡斷，好幾次都要魂歸天外。

他一次次被打得鬼哭狼嚎，一次次哭喊著「我已經死了」，但不管他如何求饒，都只會遭到更加嚴酷的對待。

雲泰清覺得黑城是在報復他昨天說的話，可黑城卻一邊揍他、一邊笑著否認，甚至下手更加凶殘。

當黑城說出「結束」兩個字的時候，雲泰清已然看到了天堂。

再進浴缸，雲泰清已神志不清，滿腦子祥雲輕繞。

等藥效發作，暈眩感都離他而去時，浴缸內的水已冰涼，而泰昊坐在浴缸邊看著他。

泰昊身穿一套黑色的浴袍，樣式簡單，在他身上卻宛如龍袍。

泰昊問：「你還能堅持下去嗎？」

雲泰清做羞澀：「人家都求饒了，他還這樣那樣對人家，人家都受不住了嗚嗚嗚……」

泰昊面無表情。

「你能堅持下去嗎？」泰昊又問。

雲泰清說：「我堅持不下去你會讓他停手嗎？」

雲泰清遭到殘酷虐待的時候，泰昊也來看過，雲泰清還一把鼻涕、一把眼淚地求他救命來著。泰昊的反應卻是讓白麗再扛他去泡泡澡，放棄什麼的選項似乎根本就不在他的字典裡。

泰昊的回答也完全在他的意料中：「不會。」

「那你問我幹嘛？」雲泰清反問完，越想越氣憤，要不是顧及面子，都要從水裡跳了出來，「你我不過就是鄰居，就是我在你家多待了些時日罷了。現在你突然逼著我完成絕對完成不了的任務，對我進行心理和精神上的虐待！你知道這是犯法的嗎？按照血緣關係，你跟我可不是——」

泰昊打斷了雲泰清激動的指責：「你跟以前有什麼不同？」

雲泰清愣了一下，「泡澡之後身體素質好像提高了不少，但這不是你可以虐待我的理由——」

泰昊再次打斷雲泰清：「我是說，活過來之後。」

他琢磨了一下，「……不吃飯？」他已經兩天沒吃飯了，這麼大的運動量，卻是一點也不餓。不過在泰昊出現之前，他也是這樣啊！雖然偶爾會吃一點東西，但沒有以前那種一頓不吃就覺得自己要餓死了的感覺。

泰昊說：「還有呢？」

雲泰清想了想，腦海裡浮現出苗阿妙殘缺的模樣。

「能……見鬼？」

泰昊點了點頭，說：「你以前正常的身體，和另外『那個世界』是隔絕的，僅有的接觸，是在這個『須彌芥子』裡。而現在你死而復生，打破了生與死的界限，便與『那個世界』發生了聯繫。這種轉變是不可逆的，打破的屏障也無法復原，你要留在這個世界，就必須解決從『那個世界』產生的問題。若再放縱你，讓你停留在什麼都不知道的狀態裡，很有可能明天就要了你的命。」

不是明天就要了命，現在幾乎天天都要了我的命啊……

「妖、鬼、神，這三種存在，是你以前從來沒有接觸過的。他們和人不一樣。以前的你，只是個默默無聞的普通人，但是打破了界限的你，看起來就和其他正常人截然不同。」

「我有什麼不同啊……」雲泰清撇了撇嘴，心裡很不服氣。他完全沒感覺到自己有什麼不同啊……

「你現在的狀態，就像是黑夜裡點燃的蠟燭，它們會很容易受到你的吸引。反之，你也一樣。所以你以後會遇到更多……像倀鬼那樣的事。」

「簡單來說，我就是他們眼中的唐僧肉！」

「對。」

雲泰清簡直對自己的「好運」絕望了。

「所有死而復生的人都是這樣嗎？」

「不是所有人都能死而復生的。」泰昊看著他，眼睛裡是毫不掩飾的讚賞，「你要找到靈魂不穩、又瀕臨死亡的人，而且這個人還要和你的魂體相合，在他將死而未死的那一剎那，將他的魂體趕出去，這是非常精妙的機會，不是每個人都能找得到。你做得很好。」

看著他的眼神，雲泰清忍不住心虛，「難道『那個世界』對我這種隨便搶別人身體的行為沒有什麼譴責嗎？這樣不對吧？這不是助長了不正之風嗎？」

「我說了，不是所有人都能死而復生。就像不是所有魂魄都能獲得到投胎的機會一樣，否則這世上豈不是到處都可以借屍還魂？如果有一天有人搶走了這具身體，那就說明你在這具身體上應有的氣運已經消失，只能乖乖讓賢。」

他嘴裡說著讓賢，眼睛裡卻寫著活該，雲泰清知道，他說的不是他，而是張小明。

泰昊這樣說，雲泰清大概就明白了，身體被搶走看似運氣成分居多，實際上卻是某種因果。如果某個人的氣運正好被消磨掉，而附身的鬼氣運正好合適，自然只有退位讓賢的分。

原來一切都是天意。

雲泰清頓時就心平氣和了。

第四章

Y U T O Y A W A

「話說回來，我到現在還不知道那天傷我的到底是什麼東西……你們說什麼『倀虎』『倀鬼』的我倒是聽說過，為虎作倀嘛，被虎殺掉的鬼變成倀鬼什麼的。但我不明白，為什麼白麗說我中的是倀虎和蟾蜍的雜合毒液？我只是沾到了那個傢伙的血而已，雖然看起來不太像血……但這和蟾蜍又有什麼關係？」

水已冰涼，泰昊叫了白麗和黑城進來幫他。今天傷得很重，就算是泡了藥浴，雲泰清也幾乎不能走路，每走一步他都感覺骨頭又要斷了。

泰昊看著他們忙活，說道：「這也是我想知道的。按理說，就算不同種族的妖怪能通婚，也沒有虎和蟾蜍能生出孩子的道理，他們的妖體差得太多，根本不能生育。」

穿上作為睡衣的白袍，雲泰清向泰昊伸出手去，泰昊很自然地將他抱了起來，回到了張小明的房間，將他放在張小明的床上。

雲泰清落在被換上柔軟床墊的床鋪裡，看著泰昊道：「不會是你們的世界也有瘋狂科學家，喜歡搞點基因工程，硬是搞出老虎頭青蛙腿的怪物什麼的……」

泰昊沒說話，但雲泰清能從他眼睛裡看出一絲茫然。

雲泰清解釋：「基因工程就是……算了。」用這種科學的猜測去解釋那些不科學的問題，怎麼想都好像都不太合適。

泰昊說：「我大概知道你說的是什麼意思，但是沒有這樣的技術。對妖怪來說，變化與身體無關，只與魂體有關，只改造身體是沒有用的。沒有魂體的支持，身體不屬於他的那部分無法使用，他會死。」

雲泰清躺在床上，傍晚微微清冷的涼風從窗外拂入，一掃房間內的悶熱。太陽只剩下夕陽的餘輝，房內有些幽暗。黑城打開燈後就和白麗一起出去了。

「魂體不能改變嗎？」雲泰清問。

泰昊坐在他身邊，一隻手握著他的手，保持著他們之間的連繫。他說：「你覺得可以怎麼變？剪斷？魂體不是那樣的東西。它……按照你們的說法，它是一種能量；按照我們的說法，它是『量核』，是無法被分割的。」

雲泰清想起了苗阿妙，有點不相信地說：「你騙人吧？我看那個小女鬼並不是什麼完完整整不能分割的啊，它只有一條手臂和一個腦袋，其他的部位都沒有！」

泰昊的表情動了一下，蹙眉道：「你說什麼？」

雲泰清從來沒有在泰昊的臉上看到如此大規模的五官運動，可見泰昊的確非常意外！

「你們那個花傑什麼也沒跟你們說？我就是跟著那個小丫頭見到了倀虎，那隻花貓肯定也見到它了！」

花傑不僅沒告訴他們有關雲泰清中毒的事情，連小女鬼不是完整的事也沒注意到？

泰昊轉身出去，過了一會，手裡提著一隻肥胖的花貓進來。

花貓蜷縮著四肢，尾巴夾在後腿中間，由於身體很胖，蜷也蜷得很費勁，看牠樣子難受，但一句話都沒敢吭，直到看到雲泰清時才喵嗚叫了一聲。

雲泰清：「……你能別這麼虐貓嗎？太可憐了。」他是個愛貓人士，最看不得貓咪受罪了。

泰昊理也不理他就對花貓說：「妳那天到底看到了什麼？再說一遍。」

於是那隻貓開口了……

雲泰清再度吃驚：居然會說人話！還是小蘿莉的聲音！

「那天少爺跟著那個女鬼……」

「那個女鬼長什麼樣？」

「就是那樣啊！小女孩的模樣，小牛仔裙，完整透明的樣子，沒啥不對啊。」

雲泰清頓時覺得不好了，「什麼完整，那小丫頭根本看不出來穿了什麼衣服，它只有一條手臂和一個腦袋，其他的部分根本就沒有好嗎！」

貓咪的杏仁眼鄙視地睨了他一眼，「怎麼可能？小鬼只有透明與不透明，能量低了就透明，能量高了就跟生人一樣！少爺您不懂……」

泰昊晃了晃胳膊，貓咪嚇得毛都炸開了，蜷成一團喊道：「主子饒命！主子饒命！」

泰昊問：「妳眼裡的小女鬼是什麼模樣？」

花貓抖著說：「就是那樣啊！能量不太足，透明得很，錯眼都能漏過去！也就少爺跟著它還能不跟丟，我可是差一點就看不見了。」

泰昊又問雲泰清：「你看到的呢？」

雲泰清說：「在太陽底下確實有點透明，但我看到花傑的時候，剛好見不到太陽，所以它就跟生人差不多。另外，它根本就沒有手臂和頭之外的其他部分。」

泰昊聽完他們的話，低著頭不知道在想什麼。花傑就在他手裡乖乖蜷著，連尾巴都蜷在後腿中間，十分可愛。

雲泰清說：「你不喜歡牠就算了，能不能讓牠來陪我？被抓著後頸多難受啊。」他才不在乎牠對自己出言不遜，只要是貓咪，就算全程都在罵人他也覺得可愛。

他活著的時候就養了許多貓，甚至在自家的小房子裡開闢了一間貓房。如今那些貓也不知怎樣了，周建成和方躍華有沒有虐待牠們……他寧可他們把貓咪全都放走，也不願意牠們遭到不測。

泰昊看看他，又看看花傑。

雲泰清覺得泰昊十分不高興，又有點搞不清楚這人有什麼好不高興的？

泰昊將花傑扔向雲泰清，雲泰清沒攔住他的動作，花傑喵嗚一聲瞪圓了貓眼向他撲來，白亮亮的爪尖衝他閃出寒光……隨即，牠變成了「她」，一個光著身子的貓耳小蘿莉騎到了他身上。

雲泰清頓時傻了。

天神啊啊啊啊啊啊！他是喜歡美女沒錯，但他不是禽獸啊！這麼年幼的蘿莉不在他的守備範圍內啊！這是犯法的好嗎！

所幸她並沒有維持人形太久，幾秒鐘之後雲泰清就感覺到身上的重量消失了，四隻爪子踩在他的肚子上，熱乎乎的身體挨著他，毛茸茸的尾巴掃過他的胸膛。

他鬆了一口氣。

睜開眼睛，她果然又變回了牠，坐在他身上用爪子撥弄著耳朵。

泰昊說：「魂體只會失去能量，不會缺失，如果你試圖像對待身體一樣讓它殘缺，它也會用其他部分的能量進行自然補充。」

他說：「就像水？」

「就像水。」

「沒有例外嗎？」

花傑舔著爪子很自然地說：「當然有啦，就是……」

房間裡壓迫的氣息突然暴漲，雲泰清說不清楚那是什麼感覺，但還是不由自主地一凜。花傑霎時閉上了嘴，躲在他臂彎裡瑟瑟發抖。

泰昊看著他們，微微蹙眉，隨即轉身出去。

雲泰清看看臂彎裡的貓咪，問：「妳說誰是例外？」

花貓看看他，歪了一下腦袋，「喵嗚？」

雲泰清：「……」

不要給我裝可愛啊……但我就是吃這一套啊……哦哦真的好可愛喔……

於是所有問題都被雲泰清拋到九霄雲外去了。

第三天，雲泰清做好了比前一天受虐更深的準備。甚至想好了如何寫下遺書，然後趁泰昊他們沒注意的時候抹了自己的脖子，再把遺書丟在他們面前，讓他們看清楚他是如何地忍辱負重。

所以，當他做好了悲壯獻身的準備，卻聽到黑城說「今天我們練雜技」時，忍不住暴怒的心情。

雲泰清說：「你他媽說什——嗷嗷嗷嗷！」

黑城根本不在乎他怎麼想，扯著他的四肢開始擺出各種詭異的姿勢。

在此之前，雲泰清真不知道人類的身體能擺出這麼多姿勢……

他媽的每一種都痛到瞬間想死好嗎！

他一直不停地慘叫，在剛剛擺好動作的幾分鐘裡，黑城會讓他維持個幾分鐘，然後就開始在上面增加壓力。

黑城掀起腳下的青石板——每一片至少二十公分厚、兩公尺長——然後壓在他身上！

第一次是一片。

第二次是兩片。

以此類推。

昨天雲泰清就覺得自己快死了，今天他覺得自己已經死了。沒必要替他收屍，因為他一定會在青石板下，變成一片看不出原形的肉餅。

青石板一直加到了三十多片，而他每根筋都被扯到了極限，他想自己的尖叫聲應該也突破了界限。

大概今天很閒，黑城一邊計算時間，一邊向他解釋：「少爺，您也別埋怨主子。您現在的狀態很不好，尤其這具身體，簡直就是垃圾中的垃圾，不好好調整，您以後會吃更多苦。」

雲泰清顫抖地說：「我……寧可……死……」

黑城大義凜然地一揮手，「那怎麼行？您放心，我心裡有數。第一天我們那是活動活動筋骨。第二天，我打斷您全身的骨頭和肌肉，這樣修復後的身體才算脫胎換骨。今天我們要拉伸筋骨，要讓您的身體回復柔軟，這樣才算完美，否則您光是骨頭和肌肉超凡脫俗，筋骨太差勁也不行。尤其是有白麗的洗髓湯，能讓您的身體更上一層樓，那可是多少人求都求不來的仙藥……」

黑城還在絮絮叨叨，雲泰清卻已經什麼也聽不見了……

再醒來時，雲泰清已經重新躺在張小明那張床上。

房間裡靜悄悄的，沒有泰昊，也沒有黑城和白麗。

清晨的陽光射入窗簾，頑皮地在他臉上跳躍，有些溫熱，有些慵懶，有些寂靜，就像繁雜之後的安寧。

他不禁有些恍惚，說不定這幾天都是幻覺，泰昊他們根本就不存在，只是他中了那兩個怪物的毒，產生了一些讓人懷念的錯覺。

不過……

應該不是吧。

他摸摸懷裡貓咪的耳朵，貓咪咕嚕嚕地發出低沉的喉音，胖臉在他身上蹭啊蹭。

他說：「泰昊他們呢？」

花貓歪頭，「喵嗚？」

不要總是用賣萌來解決問題啊！

不過，反正那幾位都是他無法理解的存在，如今神出鬼沒也沒什麼奇怪的。

雲泰清舒舒服服地伸了個懶腰，從床上坐起來。

花傑輕盈地跳到一邊，舔舐著爪子。

泰昊沒在身邊，填飽肚子就成了當務之急。他走到合租房門口，一開門，就發現門板外邊貼著一張紙。紙張上女房東的字體十分凌厲，字裡行間十分強硬，意思大概就是最後期限還有三天，再不繳房租就滾蛋，不滾蛋就要你的祖宗八輩……

這女人，簡直就是潑婦。

雲泰清正這麼想著，突然發現張紙最下面還有一條注釋：「張小明，下午六點到一〇一室，商量房租問題。」後面那句還用紅筆圈了起來，「不來就立刻滾出去！」

一〇一室好像就是那個房東的房間。雲泰清想了想，決定今天還是去找找房子吧，要不然被人突然趕出去，露宿街頭可怎麼辦才好？即便租不起昂貴的房子，至少中低層級的小套房總能租個好幾年。

雲泰清安撫了一定要跟出去的花傑，自己先出門吃了飯，又買了些貓糧，便開始尋找可以租屋的地方。

就在他忙著的時候，有人給張小明的手機打了個電話。

自從出院之後，那個手機就再也沒有響過，而他也沒有可以聯繫的人，所以這會突然一響，雲泰清都愣住了。

對方是個男的，聽聲音似乎年紀不太大，大概也就三、四十歲左右，對張小明的語氣卻是一點也不客氣，張嘴就是一頓責備。

那人措辭之嚴厲，語氣之輕蔑，不知道的還以為是張小明的老爸，仔細聽才知道是他哥哥，奉命來照顧這個弟弟。

雲泰清沒搞清楚情況，所以只能聽著，結果那人獨自說了整整十分鐘。中心思想是：你這個廢物弟弟奮鬥也奮鬥過了，還被女人甩了，總之一事無成，與其在外面浪費時間，還不如趕緊回家做牛做馬，免得丟人現眼。

雲泰清啼笑皆非。

憑他這語氣，別說張小明，就是雲泰清這個毫無關係的人聽來都想揍他了。

雲泰清斟酌了一下語氣，接下來洋洋灑灑地說了一大堆。這段話主要以「X你大爺」開頭，「關你屁事」結尾，中間穿插無數中二言論，大部分時間都在認真細緻地表達他對於他們竟是同源基因而感到驚奇。

反正雲泰清也不關心他們兄弟之間的那些破事。

對方氣得半死，雲泰清都能聽見電話那邊傳來摔東西的聲音。

那人在電話裡反反覆覆強調，張小明連工作都沒有，如果不能跪著回家搖尾乞憐，下個月的房租別想讓他出，建議張小明乖乖去睡公園，當個安安靜靜的流浪漢，否則只要膽敢出現在他面前，就讓他親身體驗一把什麼叫做兄長的威嚴……

在那人吼到最高潮的時候掛掉電話，並將電話轉至飛航模式，雲泰清一掃幾天來的鬱悶，頓時神清氣爽。

回到社區，花傑正在社區大門的牆頭上等他。雲泰清很開心地扯開貓糧的包裝袋，貓咪頓時從牆上飛了下來，跳進他懷裡，腦袋都拱進了包裝袋中，吃得滿嘴殘渣。

一人一貓慢慢地走回張小明那老舊的破房，一進大門就見到「101」的門牌號碼，雲泰清突然想起門上貼的紙條，看看手表時間，時針正指著六點。

他走到一〇一室門前，敲了敲門。房東家的老式防盜門是向內開的，一敲之下，吱哇一聲，開了一條細縫。

屋內黑漆漆的。

真奇怪，現在正是夏天最熱的時候，晝長夜短，即便是下午六點外面仍是獵獵陽光，屋子裡不該如此黑燈瞎火。

雲泰清用腳尖輕輕踢了一下門，門又吱哇一聲向內開了些。黑色如最黏稠的光線，凝固在屋子裡，超過門檻二十公分以外的地方全無光亮。

「是小張？進來吧。」

女房東的聲音穿透黑暗的包圍，語氣柔和得差點沒聽出來。眼前的一切，都明晃晃地寫著「圈套」二字，傻子才往裡踏。

雲泰清說：「我還是明天中午來吧。」

說完，他轉身就要往樓上走，卻見眼前一閃，一群缺胳膊少腿的小鬼憑空冒出，衝他露出猙獰的笑容。

雲泰清嚇了一跳，花傑跳下他的肩膀，露出獠牙，嘶叫著與它們對峙。

雲泰清說：「不用這麼緊張吧？不過是小鬼而已。」那個苗阿妙不也拿他沒辦法？

花傑說：「不對！它們——」

正說著，那群殘缺的鬼魂突然分成了兩群，一部分將花傑籠入其中，另一部分猛地向他撲來。

雲泰清感覺不到對方的攻擊，卻能感覺到一股大力將他推向後方。猝不及防之下，他蹬蹬蹬退了三步，正好退入房間的陰影裡。

防盜門擦著他的鼻子，「匡噹」一聲緊緊關閉，他整個人墜入無邊濃稠的黑暗之中。

雲泰清伸手抓住門鎖，卻怎麼也拉不開，眼前什麼也看不見，自然也搞不清楚哪裡有機關。他心裡有點慌，卻不像之前落入包圍那般驚恐，只是背上稍稍有點出汗，手心也在門上留下幾道濕痕。

一個巨大而強烈的存在出現在他的身後，不必透過光線，只需要氣息就能感覺到危險。

這房間的布局和他的房間差不多，那麼右邊應是牆壁才對。這麼一想，他便猛地向左衝去，卻被一條巨大的手臂攔住了去路；與此同時，右側風起，一支尖銳的利器從右側捅入他的後腰，又從腹前穿出。

他忍不住哼了一聲。

那尖銳的利器又在他腹內轉了兩圈，他甚至可以聽到利器擦過骨骼、切碎皮肉、絞碎內臟的聲音。

雲泰清再次哼了一聲，不過這沒耽誤他的動作。

剛才在進來的時候，他已經握住了口袋裡的彈簧刀。

雲泰清故技重施，刀刃旋開，猛地向後扎去，這次那人卻不像那天一樣緊夾著他不放，而是大力將他一推，他的肩骨砰一聲撞上防盜門，那柄利器也順勢從他腹部抽出，他立刻感到右腹部和右腿被暖流覆蓋，鼻腔也聞到了濃烈的血腥味。

周遭隨即亮起幽幽鬼火，照得房間裡暗綠瑩瑩。

這女房東十分吝嗇，不僅對房客壓榨到極致，更是連自己住的房子都要讓出去一半，臨街的兩個房間被人租去做了牛肉麵攤，她自己縮在這一房一廳內，還到處塞滿了各種資源回收品。

那兩個巨漢正站在女房東小小的房間裡，到處堆疊的回收品以及他們龐大的身軀，幾乎占據了所有可用空間。

女房東躲在角落裡，驚恐地望著巨漢發抖。

那兩個巨漢手握一柄雪亮的半公尺長的寬背砍刀，其中一人刀上的血液滴答滴答地滴落在地上。

今天雲泰清是去找房子的，自然不能穿背心短褲，而是牛仔褲搭配白襯衫的打扮。這會他正好脫下襯衫，用力在腰上一繫，打個死結，暫時止住了小河一樣的血流。

「你們，這是，來尋仇的？」

兩個巨漢發出隆隆的哄笑，虎一般的臉笑了開來，露出兩口獠牙。

「就憑你……哈哈哈哈……」

「我兄弟二人還沒在人類手中吃過虧……」

「既然你想死，我們就讓你死得舒服……」

「千刀萬剮……」

他們再次大笑。

上次他們說話不多，他沒注意到，這次卻發現了詭異的地方。他們說話似乎有些吃力，張嘴大笑時，口中像蛇信一樣分叉的紅舌會彎彎曲曲地露出嘴外。

果然就像是蟾蜍的舌頭強行裝在了老虎的身上。

他們笑著，突然同時舉刀向他砍來。

雲泰清得感謝黑城的鍛鍊，在他腦子行動之前，身體已經本能地縮成一團，向二人中間滾去，堪堪避開了致命的攻擊。兩柄刀刃深深地砍在防盜門上，發出錚然巨響。

雲泰清滾到他們倆中間，手中的彈簧刀戳在其中一個巨漢的膝蓋上。膝蓋前方有髕骨阻擋，側邊卻能直接插入上下兩根骨頭之間，切斷韌帶，任他是人是妖，都再也站不起來。

然而，那被插了膝蓋的巨漢大叫一聲，撲通一聲跪了下來，骨頭和肌肉將彈簧刀緊緊夾住，雲泰清一時無法抽出，只能眼看那兩柄大刀再次向他砍來。

雲泰清總算明白了，上次他們把他堵在小巷裡，以為他是甕中之鱉，結果讓他跑了。今天他們就將他堵在這狹小的房間裡，要他絕對無法逃脫。

不過，塞翁失馬，焉知非福。

說時遲，那時快，雲泰清手一鬆，放棄了彈簧刀，轉手抓起一大捆雜誌舉到面前。

刀刃落下，嚓嚓兩聲，紙屑漫天飛舞，雪亮的刀鋒和他的手只有堪堪半本雜誌阻隔。由於他們砍斷了捆書的繩子，殘破的書籍都砸到了他的腦袋上。他順手撿起一大把殘書，向他們扔去，趁著他們躲避時手腳並用脫出包圍圈。

不料他們的速度比雲泰清想像得更快，雲泰清才跑了兩步，便覺腦後生風，頭一低，兩把刀擦著他的腦袋砍在木桌上。一桌子的雜物轟然倒下，他以靈活得連他自己都吃驚的動作飛速從桌下鑽了出去，只聽得後面水瓶被碎裂的砰然之聲，以及兩個巨漢發出的驚天怒吼。

雲泰清踩在爛塑膠瓶上，身體不穩，手忙腳亂地爬了幾下，終於逃出了垃圾的包圍，轉頭看見女房東身後的廚房，他一頭衝了進去。

他那戶公寓的廚房門是推拉式，若這間也是的話，那他就死定了。所幸，房東家的廚房門是可鎖的，雖然只有一個小小的插銷，但總比沒有的好。

兩個巨漢的吼聲震得房頂簌簌落灰，雲泰清去摸刀的時候就聽他們已經撞到了門上。不過可能他們身體太過巨大，並沒有準確地撞到門，而是連門框一起，他活生生地聽到了木頭變形的恐怖聲音。

廚房裡一片黑暗。明明有窗戶，為什麼會黑成這樣？

雲泰清一邊想著無關緊要的事情，一邊在流理臺上瞎摸，幸運地被他摸到了一把菜刀。他又繼續摸，企圖再找一把，來個雙刀合璧，可惜他的好運大概是到頭了，不大的流理臺被他摸了三遍，就只有這麼一把刀。不過他又找到了一根擀麵棍，拿手裡掂了掂，聊勝於無吧。

可憐的門框被巨漢應聲撞斷了，整扇門帶了半個門框和小半堵牆轟然倒下，瑩綠的光線隨著巨大的身影撲了進來。

雲泰清想也沒想，拿起擀麵棍就砸了上去。

那擀麵棍結結實實砸在那人的頭上，應聲而斷，就好像砸中他的不過是一根餅乾。

巨漢稍稍愣了一下，手已經伸了過來，掐著雲泰清的脖子將他整個人高高舉起，猛地貫在地上。他幾乎聽到了腦袋下面地磚裂開的聲音。

按理說，這種程度的攻擊，就算是沒腦漿迸裂，也該被震得頭暈目眩什麼的。但雲泰清沒有太多的感覺，他的身體就像有自己的意識一樣，雙腿一抬，順勢盤上巨漢的胳膊，左腳踹上巨漢的臂膀，一手攀住巨漢的手腕，讓對方的左側手臂一動也不能動，隨即他另一手舉起菜刀向對方的手臂關節砍下去！

那一刀十分結實，骨頭碎裂的聲音嚓嚓響起，令人牙酸。不過雲泰清並沒有將刀抽出，否則在這種情況下，對方的血又要噴他一身——再中毒是小事，如果現在毒性發作，那他就死定了！

巨漢的吼聲震耳欲聾，另一手的刀沒頭沒腦地向雲泰清砍來。

雲泰清瞟到流理臺下放著一塊磨刀石，順手舉起就向對方的刀砸去。巨漢連砍了十三刀，每一刀看起來都要砍到他抓著磨刀石的手，或者更大一點的目標——他的腦袋。

詭異的是，雲泰清的動作快得超乎了他自己的想像，刀刀都能準確抵擋。但是巨漢的力氣太大，一刀下來，他的手被震得隱隱發疼，磨刀石迸出的碎屑在空氣中亂飛，不時彈到他的臉上。

巨漢最後一刀砍下來，雲泰清用磨刀石砸中了刀刃根部，竟直接將刀刃從刀柄上砸了下來，刀柄在巨漢手中一震，竟也從巨漢手中飛出。

如此大好的機會怎能放過，雲泰清用盡全身力氣，腳下和腰部一用力，攀著巨漢的一隻手一擰一轉，將他按倒在地上，高高舉起磨刀石，砸到了巨漢的頭上。

他能清晰地聽到巨漢的骨頭被砸扁的聲音。溫熱的液體噴灑而出，噴得他滿臉。

想起那個毒，他心裡一驚，猛然後退，卻撞到了另外一具身軀。

「小子！好大膽！」

雲泰清聽得腦後生風，立刻向前一趴，刀風從頭頂飛過，險些砍掉了他的頭皮。

趴伏的同時，他如游魚一般穿過了那人的雙腿，從胯下鑽出，退出了廚房。

外面比裡面也好不到哪去，不夠寬敞，垃圾滿地，雲泰清一出來就被菜汁弄得滑了一下，手邊按住了一隻腳……

嗯？一隻腳？

他抬眼一看，正是被嚇得動彈不得的女房東。

一把刀閃著雪亮的光芒再次砍向他的腦袋，他整個人向後躍起，翻了一個後空翻，卻因距離沒掌握好，一頭撞到門口的鞋架，上面的破鞋嘩啦啦掉了一地。

沒等他站好，就聽一聲小小的尖叫，原來那巨漢已經掐住女房東的脖子將她舉了起來。

「束手……就擒……」巨漢厲聲怒吼。

雲泰清仔細看著對方，原來這位巨漢的左腿上還插著他的彈簧刀，右半張臉上還帶著燙傷的水泡，半歪著身子靠在洞開的廚房外牆上，一隻手緊緊地勒著女房東的脖子。

腳底下還是有點滑，好像沾了油，雲泰清一邊將鞋底往地面蹭，一邊衝巨漢笑道：「你殺呀！她是我的房東，正要把我趕出去，只要她一死，說不定我還能在這房子裡再多住個大半年，多好。」

巨漢可能沒遇過他這麼卑鄙無恥的人，居然有點愣了。

女房東被他掐得奄奄一息，牙齒卻微微打著顫，發出輕微的喀嗒聲。

雲泰清又蹭了下鞋底，確定鞋底下沒有別的東西，而是滑膩膩的液體，而且還有更多的液體正在往下流。他剛才太過緊張，大概是腎上腺素的作用，以至腹部的傷口不怎麼感覺到疼痛；這會突然停了一下，就感覺到肚子裡外翻攪一樣地劇痛，襯衫綁住傷口的地方移了位置，血正一汩一汩地往外冒。他低頭看去，白襯衫已經被染成了血色，在綠色的鬼火之下格外嚇人。

「話是這麼說。」雲泰清話鋒一轉：「不過呢，我是好人。好人可不能看著好人被壞人弄死。只要你回答我兩個問題，我就乖乖跟你走，絕不反抗，你看怎麼樣？」一邊說著話，他一邊挪動襯衫，將傷口重新綁好。

巨漢身形是孔武有力，可惜腦子不怎麼好，居然就這麼點頭同意了。

這讓他接下來的說詞都用不上了，真可惜。

雲泰清說：「你們抓的那些孩子，為什麼會變成那種魂魄殘缺的模樣？」

巨漢冷笑一聲，「呵……我們的主人，是最厲害的，獻給他……就能變成這樣……」

他說得十分理所當然，好像把魂魄變成這殘缺模樣是一件很偉大的事情一樣。

雲泰清又問：「那個苗阿妙說，你們抓住她之後，一直在等『時間到了』，然後才把她殺了。這是什麼意思？」

也許是他的錯覺，說出這句話的時候，他看到女房東的身體顫了一下。

這回巨漢不明所以，「……啥？」

他把之前那女孩說的話又複述了一遍。

巨漢終於聽懂了，又發出隆隆的笑聲，充滿無限的蔑視，「什麼它時間到……是主人的時間到了……主人說了，時間一到，祭品立入，神功即成……」

雲泰清心說：這都什麼亂七八糟的東西啊？

不過他大概能猜出來，苗阿妙大概就是傳說中的煉丹原料了，因為到了時間，所以被煉成那副殘缺的模樣。

巨漢不耐煩了，緊緊掐住女房東的脖子，寬背砍刀威脅性地按上她的腹部，「小子！我問題答完……還不束手就擒……」只要他敢說一個「不」字，女房東就要被砍成兩截。

雲泰清甩開自己的猜想，如今最重要的，是如何擺脫當前的困境。他伸出雙手，說：「我可是說話算話。不過你也看到了，我傷得很重，自己沒辦法綁住自己。」

巨漢挾持著女房東，一瘸一拐地走過來。

雲泰清這才發現，這傢伙不僅左腿瘸著，連右腿也拐著，半張臉上的燙傷還十分嚴重。如此看來，不管是在小巷裡的一刀，還是這房間裡的一砍和一壺熱水，都只傷到了其中一個！這倒楣機率簡直不可思議啊！

巨漢走到他面前，隨手將女房東向身後一推，舉刀就要砍向雲泰清的雙手。

這倒是個一勞永逸的好方法，不過雲泰清又不是傻子！

雲泰清靠在一進門右側的牆壁上，再往右一點，就是房東家吃飯的飯廳，高背椅繞著飯桌，放得十分凌亂，但最近的一張椅子剛好在他手邊。就在巨漢一刀砍下來的同時，他右手一把扯起椅子，抵擋刀鋒的同時狠狠砸在巨漢身上。

實木的椅子，按他以前的力氣絕對無法單手舉起，但如今卻如小玩具般，無論是力道還是速度，都和過去不可同日而語。

巨漢被砸退半步，刀鋒也卡在椅背上，整張椅子頓時四分五裂。巨漢怒目圓睜，怒吼：「你這個騙子！」

騙子？雲泰清在心中吐槽：你這誘拐犯有什麼資格罵我是騙子啊！

巨漢又一刀向他砍了下來，雲泰清已經沒有力氣再躲。他知道自己逃不掉，與其變成苗阿妙那般殘缺模樣，還不如就讓這巨漢把他殺掉，反正泰旲總會找到他，而他總會復活……

就在雲泰清閉上眼睛，等著對方將自己砍成像那椅子一般粉碎模樣的時候，巨漢的吼聲突然一頓。

雲泰清睜眼一看，巨漢的眼睛瞪得恍若銅鈴，整個身體呆滯地停在即將砍到他的那一瞬間。然後巨漢的身體又是一震，巨大的身體向一邊滑落下去。

這回雲泰清看到了，那個女房東手中拿著又尖又直的剔骨刀，刀上濃稠的無色黏液正在往下流淌。

巨漢歪倒在地，背後心臟的位置被捅出了一個大洞，大片大片的黏液如小溪般汩汩湧出。

女房東眼睛睜得大大的，眼白都瞠得血紅。

見巨漢倒下，她居然還不罷手，整個人撲了上去，一刀一刀猛砍他的心臟。

巨漢血液噴得她渾身都是，她卻毫不在意，只是不停地一刀又一刀揮落……

雲泰清站不住了，慢慢地順著牆根坐下來，說：「別砍了，他死了。妳沾到他的血會中毒的，趕緊去洗乾淨吧。」

女房東終於停手了，坐在巨漢的屍體旁邊大口喘氣。

在巨漢嚥下最後一口氣後，綠色的鬼火逐漸熄滅，屋子裡濃稠的黑暗退去，夕陽的光線從廚房的窗口斜斜射入。

那兩個巨漢的屍體在夕陽的折射下逐漸變得透明。但又不像是要消失的透明，而是變成了類似於果凍的東西，看起來十分噁心。

雲泰清失血過多，頭暈目眩，動動手指都重若千斤。

他無法拿手機求救，也不知道怎樣才能找到泰昊，如果他就這麼死了，這唯一的目擊者也什麼都說不清楚。

或許會造成冤案呢……

不知過了多久，屋門「砰砰」響了幾聲，外面有人說了幾句話，然後開始踹門。

雲泰清說：「阿姨，妳再不開門，妳的門就要廢了。」

女房東愣愣地看著巨漢的屍體逐漸透明，對外界的一切聲音充耳不聞。

踹門的人腳勁十分沉重，只兩三下，就將那號稱防盜的大門踹了開來，一股明亮的光線射入，照得雲泰清睜不開眼睛。唔，其實不管有沒有光線，他都睜不開眼睛了，他累得幾乎不能動彈。

黑城先衝進來，卻因為衝得太快，差點被巨漢的身體絆倒。

泰昊在他身後走了進來，走到雲泰清身邊，居然也不嫌他髒，就在他被噴濺了黏液的臉上摸來摸去。

雲泰清意識不清，腦子裡一團漿糊，連自己都不知道自己在想些什麼。

泰昊的手按在他的額頭上，讓好不容易擠進來的白麗查看他的情況。她的手很輕巧，從上到下仔細查看他的身體，不時按一下他的傷口。雲泰清已經不太能感覺到疼，也可能她按得不疼，他只感覺到失血後的無力。

太過劇烈的疼痛變成了近乎麻木的詭異感受，眼前的一切碎成一片片水花，外界的聲音也像隔著沉重而堅實的玻璃，將意識和感覺完全割裂，讓他在清醒和暈迷之間徘徊。

「……傷……很重。」

白麗的話聽起來斷斷續續，或許他的腦子也被絞碎成了碎片。

泰昊放開雲泰清，讓白麗將他抱起。但在泰昊離開他的一瞬間，疼痛鋪天蓋地湧來，雲泰清開始抽搐，有東西從喉管裡爭先恐後地往外冒。他大口大口地嘔吐，儘管眼前昏花，卻能感覺到吐出來的東西十分不凡——那該不會是內臟吧！

泰昊立即將白麗從他身邊推開，親自將雲泰清抱了起來。

喂喂！別呀！被女人公主抱不好看，但被男人公主抱也同樣不好看啊！

可惜雲泰清只能想想罷了，還沒張嘴就直接暈了過去。

第五章

Y U T O Y A W A

接下來的事情是黑城跟他說的。

他們帶走了那兩個巨漢的屍體，抹去了女房東腦海中部分異常的記憶。在她的記憶中，就是兩個普通的歹徒挾持她，然後來攻擊可憐的雲泰清。至於那半透明的身體、無色的血液、蟾蜍的舌頭等等，沒有半點留在她心裡。

噴濺在房間裡的透明血液都被他們清理乾淨，又為房東解了毒，襲擊她的人也死了。按理說這女房東該高興了吧？但她並不高興。她一直在哭，連白麗他們也搞不清楚她到底怎麼了。

按照黑城的話來說，就是「女人都是這樣麻煩」。

結果惹惱了白麗，在他腦門上扎了兩針，害他頭痛了好幾天。

意識不甚清晰的雲泰清又被丟進了那個再熟悉不過的浴缸裡。這一次，他直接沉入水底。

直到他醒來，覺得眼前一片黑暗，不由自主地掙扎了兩下，折騰了半天才好不容易竄出水面。

泰昊坐在浴缸邊看書，發現他半個身子竄出黑水，伸手又將他按了下去，只剩下腦袋在上面。

雲泰清說：「我剛才沒呼吸！」

泰昊「唔」了一聲，十分敷衍。

他又說：「我剛才沒呼吸！我是不是死了！我變成殭屍了！是不是？」

泰昊終於撥冗將那黑沉沉的眼睛看向他，眼神中隱含的氣勢如雷鳴電閃一般劈向他。

他驚得小心肝都縮成了一團。

這位神仙是生氣了嗎？他為什麼生氣啊？他憑什麼生氣啊？

「能力不足，不自量力。」泰昊冷冷地說，「就你現在這點本事，竟敢獨自挑戰混血倀鬼，還一次兩個！」

「冤枉啊！」雲泰清差不多要涕淚交流、跪下喊冤了，「我根本沒想進去！是那些小鬼把我撞進去的！我都拚命掙扎了！誰知道敵人那麼狡猾，一進去就把我關了起來，我連求救的機會都沒有啊！」

泰昊說：「你根本沒有求救。從你被關進去就沒有求救。我是在你失血到幾近死亡才感覺到你有危險。要是再晚個一時半刻，豈不是只能看你再死一次？」

雲泰清無奈道：「我手機不見了，在心裡求救你能聽見嗎？」他本意是帶著諷刺，但又不敢明明白白地表現出來，聽起來反而像是猶猶豫豫地求問。

泰昊說：「只要你叫我，我就能聽到。」

雲泰清有點無語，心想：你又沒說，我怎麼可能知道？難道在那麼危急的情況下我就該立刻想到你嗎？

獨自打拚這麼多年，身邊只有同甘共苦的兄弟，卻沒有扶持的長輩，無論是風刀霜劍還是天打雷劈，他從未依靠過任何人，也從未想過向任何人求救。

這已經成了一種本能。

而今天，居然有人告訴他，遇到危險的時候大聲求救，就會有人來救他。

好奇怪的感覺……

嗯……

對了，這並不是第一次有人對他這麼說。

很多年前，也有個人坐在沉香木的書桌旁，摸著他的頭說：「若有危險，你就叫我。」

於是當小小的雲泰清快要被保姆和她姘頭綁架的時候，他的確是叫了。然後泰昊就帶著他的黑白無常神兵天降，將他從一場災禍中救出。

雲泰清不禁老臉一紅。都這麼大的人了，還被當作小孩子一樣對待，說什麼「有危險就叫我來救你」，真是有點羞恥呢……呵呵。

雲泰清咳嗽一聲，轉移話題：「我剛才在水裡沒呼吸，不是又死了吧？」

泰昊心情依然不好，皺眉道：「你本來就死了。」

雲泰清心肝一痛，彷彿遭到會心一擊。

泰昊續道：「你這身體是因為你的魂魄存在其中，所以才維持著『活著』的假象。你剛才受傷太重，魂魄幾乎脫離，所以身體又恢復死亡狀態，暫時沒有呼吸而已。」

「也就是說，我剛才又死了……」

泰昊從鼻腔裡發出了「嗯」的聲音。

雲泰清立刻認錯：「對不起，我下次不會了！要是有人殺我，我一定像個小女生一樣尖叫著救命，像演劣質恐怖片一樣抖著腿往樓上跑。」

泰昊可能聽不太懂他在說什麼，但是對他話裡有話、隱含不滿這一點還是清楚的，於是冷冷地甩了他一眼，目光中滿是「我知道你那點小心思」的了然。

而雲泰清俯首帖耳，裝作看不懂。

開玩笑吧？遇到危險就喊救命，那遇到蟑螂要不要也喊兩聲？他可是個男人啊！

等那浴缸裡的黑水吸收完，泰昊順勢將雲泰清抱起來走出浴室。

剛開始被人抱來抱去的時候，雲泰清還有點羞澀。但人的適應力總是驚人的，他現在已經完全釋懷了，甚至對被泰昊抱來抱去這件事已然安之若素，心中半點波瀾也沒升起。

按照白麗的話來說，他這次傷得比之前訓練還嚴重得多，腰椎被捅穿，五分之一的內臟幾乎被那旋轉的一刀絞碎。總之就是一塌糊塗。

而這群神仙根本就沒有把他送進醫院搶救的意識，只是非常直接地把掉出來的內臟都塞回去，把外面的傷口縫好，就把他丟進了黑乎乎的水裡。

當他出來的時候，身體外表的傷已經好了。但是內臟明顯還沒修復，偶爾噁心一下，還有不明的碎渣從喉嚨裡跳出。

白麗說他大概還需要再泡一個星期，讓內臟逐漸恢復原狀，在此之前所有要經過胃袋的東西都是禁止的。

可以，又要禁食了。

所幸泰昊就在身邊，他應該不會太難熬。

一出浴室，就見「須彌芥子」裡所有東西都被挪到了一邊，中央多了個盤子一樣的東西，直徑兩公尺，只高出地面一、兩公分，通體閃著金屬光澤，上面花紋繁複，根據他多年看小說和漫畫的經驗，應該是個法陣。

法陣上，那兩個巨漢毫無意識的身軀以非常扭曲的姿勢堆在上面。他們依然保持著那種半透明的狀態，像兩團噁心的巨大果凍。

他以後再也不吃果凍了。

白麗一手拎著白色袋子，繞著法陣不時從裡面抓出一把東西來撒過去，嘴裡念念有詞。

雲泰清看了黑城一眼。

黑城莫名其妙地問：「怎麼啦？」

「為什麼要把他們打成這樣啊？為了給我報仇？」

「您沒事吧？」黑城訕笑，「少爺您自己把他們打得死到不能再死，我何必再費那個力氣。」

一時自作多情，讓雲泰清有點臉紅。

「那什麼，既然你沒打，他們怎麼是這個樣子？」好像所有骨頭都斷了，只剩下果凍般的身軀。

黑城說：「我們還想問您呢！您把他們怎麼了？怎麼搞成這個樣子？」

雲泰清說：「老子死去活來好幾次了，還是第一次遇見妖怪呢，你說我能把他們怎麼了？」

黑城不說話了。

泰昊依然穩穩地抱著雲泰清，低頭對他說：「你要看嗎？」

雲泰清說：「當然要看了。」看這兩個詭異的玩意到底是什麼，為什麼要襲擊他，又和他的死有什麼關係。

泰昊將他放在自己座位旁邊的籐椅上，又伸出一隻手來，跟把脈一樣按住了他的手腕。黑城則自動站在他的身後。

白麗的儀式似乎做完了，她又撒出一把東西，喝了一聲：「現形！」

那法陣突然一陣光華閃耀，圓盤頓時亮出一道徹天光柱，將兩個巨漢的身體籠罩其中。不知是不是他的幻覺，那光柱穿透屋頂的阻礙，直沖天際，穿破了屋外廣闊無垠的黑暗。

那兩具身體在光柱中逐漸變形、扭曲，以肉眼可見的速度化作一灘黏稠無色的水。

奇怪的是，那灘水就好像有生命一樣，左衝右突，掀起一陣陣小小的風浪，似乎想脫開禁錮。但即使是這樣也沒辦法衝破那道光柱的阻隔，它就像被困在魚缸裡的魚，無論如何努力，都只能在那小小的禁制中折騰。

那灘水折騰了好一陣子，似乎終於明白自己無法從中逃脫，只得發出了一聲悲鳴，又掀起最後一陣浪花後，歸於平靜。

又過了一會，水中冉冉升起兩個半透明的魂體。

半截的老虎、半截的青蛙，被簡單粗暴地組合在了一起，一半巨大，一半渺小，兩個魂體都極度痛苦，被拉出水面時發出了巨大的慘叫聲，四肢拚命掙扎扭動，就彷彿所有疼痛都在一瞬間降臨，要將它們凌遲撕碎。

泰昊捏著雲泰清手腕的指尖驟然發力，雲泰清嗷地叫了一聲。

泰昊表情動都沒動，看了他一眼，那眼神裡的不屑，遲鈍如雲泰清都能看出來，大概是埋怨他怎麼這麼不禁捏吧。

雲泰清冤枉啊！只能在心裡碎念：這位神仙您有多大手勁您知道嗎？那兩根手指的力道能直接捏折大腿骨知道嗎？我就是個凡人您能理解嗎？

泰昊才不理他糾結的心理，又看向那兩個詭異的魂體。

雲泰清說：「這該不會是用一隻青蛙、一隻老虎捏合在一起的吧？怪不得那兩個巨漢長得差不多，原來是一個被劈成了兩半。」

本來他對那兩個怪物很憤怒，但這會已經被同情取代。不管那兩個怪物做了什麼，他們對自己正受著的酷刑一無所知，只這一點，就讓人嗟嘆了。

白麗又從布袋裡掏出東西撒進法陣，這回她繞到了他們身邊，雲泰清看清楚了她手裡抓的東西。

好像是土……？

她又撒了一把進去。

沒錯，是白色的沙土。

沙土灑在那兩個極度痛苦的魂體身上，魂體彷彿受到了撫慰，逐漸安靜下來，像孩子一樣趴伏在那些漂浮於水面的沙土上，一動不動。

白麗說：「這兩個魂體受到了鎖魂之術，被強行鎖在那灘水裡。那灘水有點奇怪，我暫時分辨不出是什麼東西，不過能把魂體鎖住，又能化形成人身，必定不是凡品。現在我用蓬萊仙樹下的白玉沙將魂體和水隔開，主子您看這兩個魂魄當如何處理？」

泰昊問雲泰清：「你認為當如何處理？」

雲泰清說：「和我有什麼關係啊？這是你們的事吧？」

黑城插嘴道：「少爺，您可是主子的……」

泰昊面色不動，只是向他甩過去一個眼神，其中挾雜的利刃如有實質，甚至連雲泰清都感覺到一股撲面而來的巨大威壓。

不過只有一瞬而已。

黑城撲通一聲跪下。

雲泰清驚悚地問：「我是他的什麼？泰昊你到底是幹嘛的？我是你的什麼你說清楚啊！總覺得有點可怕！」

泰昊壓根不理會他的提問，生硬地轉了話題：「在你眼裡，那兩個鬼魂現在是什麼模樣？」

雲泰清這人就是個單核ＣＰＵ，一次只能解決一個問題，泰昊這麼一說，他的腦子就被帶跑了。

他大概形容了一下那兩個魂魄的樣子。

他說話的時候，白麗發出了一聲驚異的抽氣聲，黑城的呼吸也有瞬間停頓。

唯有泰昊，無論他說得多麼噁心，他也無動於衷。

「這種事絕不可能！」白麗斬釘截鐵地說。

雲泰清無語了。

「這不就是證據？」他指著那個法陣說，「妳看！妳看看！那兩個怪物就在那裡！不是我胡說！」

黑城不知何時站到了他身邊，彎腰在他耳邊道：「少爺，我們看到的和您看到的完全不同。」

他們所看到的，是兩隻虎的完整魂魄，只不過魂魄太小，幾乎小到僅有青蛙那麼大，而且一隻魂魄的左半側以及另一隻魂魄的右半側是近乎透明的。

他們所說的透明的半側，正是雲泰清看到的青蛙半側。

「魂魄是『核』，魂魄的模樣是『核』的投射，本質上由『核』決定魂魄整體的性質。」白麗一副資優生的樣子侃侃而談，「如果『核』被破壞，這個魂體會整個湮滅，化作分散的能量——這是幾萬年來的共識。絕對不會有魂魄被拆分後又被拼合的事情！」

雲泰清忍不住插嘴：「多少年前人類認為分子是最小的物質，然後發現了原子；後來認為中子是最小的物質，然後發現了夸克……科學之路上，話永遠不能說得太滿。」

三雙眼睛六道視線尖銳地射了過來。

雲泰清閉上嘴。

「你看到的，是它們的部分本質。」泰昊突如其來開了口。

雲泰清看向他，想起這個人天潢貴冑般的氣質，突然想起，他和其他人是不同的。

雲泰清問：「這兩個怪物在你眼裡是什麼樣的？」

泰昊說：「你無法理解。」

雲泰清說：「我為什麼沒辦法理解啊？不就是一半老虎一半青蛙的詭異樣子嗎？」

泰昊沒說話，放開捏著他脈門的手指，食指和中指並在一處，在他的眼睛上輕輕抹過。

光柱法陣突地消失，虎與蛙的怪物界限驟然模糊，他們的魂體在視線中開始逐漸變得巨大、扭曲變形，變成了用語言無法形容的怪物。

雲泰清目瞪口呆。

他轉而看向旁邊的白麗，她變成了純淨的白色能量體，只有一個女人的身形輪廓；再轉臉看向身邊的黑城，他並不像他想像中的黑色怪物，他和白麗一樣，也是白色能量體，只有一個男人的輪廓。

「這就是在你眼裡的東西？」他們的形態在他眼中逐漸恢復原狀，雲泰清驚異地說：「臉盲吧？這樣你怎麼記得你手下的模樣？」怪不得他那些下屬只穿白色和黑色的衣服，反正對他來說都是一樣的。

想到這種臉盲症無藥可醫，雲泰清不由自主地笑起來，又開始咳嗽，有什麼東西又慢慢從喉嚨裡往上爬。

泰昊不理會他的疑問，一隻手攬在他的肩背上。喉嚨裡往上爬的東西又慢慢退了回去。

「你看那兩個魂體是什麼樣子？」

雲泰清想了一下，說：「……用語言沒法形容，總之就是怪物。」

「對。」泰昊說：「因為『核』遭到了破壞，投射就出現了問題。按理說，『核』是不可分割的，但這世界上沒有什麼事情是絕對不可能的。多少年來，『那個世界』有無數人做過嘗試，消耗了無數魂體，失敗了無數次，如今……終於找到辦法，將『核』分成了兩個部分，又將其他『核』與之暴力融合，創造了這些怪物。」

雲泰清說：「這些人神經病啊！這麼困難又讓人這麼痛苦的事情到底為了什麼？」

泰昊用奇怪的眼神看了他一眼，那一眼極其深邃，包含著他看不出來的情緒。

雲泰清只覺得背後一陣清涼，就像有寒氣隨著他的眼神鑽進自己的五臟六腑，像是他的視線穿過了軀體，直接看進自己的魂魄。

雲泰清顫抖地問：「怎……怎麼了？我問錯話了？」

泰昊收回視線，對白麗說：「給個痛快吧。」

有那麼一瞬間，雲泰清以為他在說自己。

白麗口中念念有詞，纖細的手一揮，做了一個下壓的手勢。

兩個怪物發出噗嗤一聲輕響，魂體瞬間裂成殘渣，嫋嫋消失在法陣之中。陣內的水在魂體消失後也漸漸萎縮，由液體變成一片片如石英般的固體。

白麗再揮揮手，法陣也化作大片光點，向四面八方散去。

雲泰清以為就此結束了，正想起身離開，泰昊又將他按住，說：「花傑。」

白麗站到一旁。貓咪花傑叼著張漁網，從另一個房間吭哧吭哧地鑽出來，漁網裡那群缺胳膊少腿的小鬼們足足裝了一大包，在裡面凶神惡煞地撕咬著網線。但不管它們怎麼掙扎，也沒有任何部分能逃出網線的束縛。

花傑放開漁網，五體投地趴在泰昊腳邊。

泰昊說：「我讓妳保護泰清，妳就是這麼保護的？」

雲泰清插嘴：「你認真？讓牠保護我？就這隻肥貓？」你在開國際玩笑吧？——這句話他沒敢說出口。

泰昊的手背上突然露出一絲青筋，雲泰清頓時滑跪在他面前，痛哭流涕表示：「是我有眼不識泰山說錯話了您大人有大量放了我的手腕要碎了真的要碎了沒開玩笑求您了……」

之後他就跟花傑一起跪在了泰昊的腳邊。

禍從口出，自作孽不可活。

花傑好像根本沒看他，一本正經地用娃娃音說：「主子明鑑。屬下已經收斂了所有外泄的氣息，但小鬼們似乎早有準備，直接把屬下和少爺分開。它們身上不僅有禁制，還有能阻礙屬下的東西。它們用鬼身將屬下隔離，又將少爺推入虎牢界。屬下進不去，又衝不出包圍，沒辦法向主子聯繫。」

「虎牢界是什麼？」雲泰清悄聲問。

「就是您進去的那個地方。」黑城悄悄說。

「就是那個有綠色鬼火的地方？」

「沒錯。」黑城說：「它們在那裡鍛造新的倀鬼。只要您死在那裡，您就會變成新的倀鬼，受它們控制擺布。」

雲泰清在網中看到了那個只剩下小半截的女孩苗阿妙，它完全不復之前的伶俐，猙獰地撕扯著漁網。

他指了指它，說：「之前騙我的就是那個孩子。」

泰昊看了它一眼，「它的魂體殘缺得很厲害，已經失去了理智。如果不是有人用祕法將它禁錮，它現在已經化作能量消失。倀虎已死，它很快就會死去，你想把它如何？」

雲泰清說：「我不想如何，就是想起一件事。能把它借我用用嗎？」

泰昊說：「沒什麼不行。但是你救不了它。」

雲泰清說：「我又不是聖人，別把我看得太高尚了。只是帶它去見個人。」

泰昊說：「等我解決完這件事。」

反正是要處理花傑就對了。

剛才被捏到跪地，此時雲泰清也不敢說什麼大逆不道的話，只得將腦袋放在他的膝蓋上，做出很卑微的姿態說：「你非得跟隻貓過不去嗎？牠就是一隻貓而已，你非給牠這麼重要的任務。這明顯就是用人不當！你何必呢？不如今後就讓牠陪我睡個覺什麼的，不就……嗷嗷嗷嗷我又說錯什麼了？」

泰昊捏著他的手腕，一字一句地說：「你根本不知道你今天遇到了什麼。」

整個空間內被驚人的威壓所懾，沉重的壓力震得人抬不起頭。雲泰清只覺得骨頭都要被壓碎了。

黑城和白麗也跪下了。

白麗說：「少爺，您今天受傷的可不只是身體。我的藥之所以一時半刻治不好您，不是因為您傷得重，而是那兩個怪物的刀使用了黃泉地陰石鍛造，能穿透軀體，直傷魂魄。您的魂魄受了很重的傷，很有可能就此灰飛煙滅。所幸主子來得早，保護了您的魂體，屬下才有機會治療您的軀殼。」

雲泰清據理力爭：「那也不是牠的錯啊！牠就是隻貓啊！你要是一直在我身邊不就沒事了！之前你不是說不會離開我的嗎？不聲不響帶著黑城和白麗跑得不見影子的是誰啊！別什麼事情都推給下屬！你自己沒一點錯嗎？」

威壓驟然增加了兩倍，雲泰清差點跪不住，撐在地上的手臂好險沒斷，脖子則疼得要命。

花傑抖抖瑟瑟地說：「喵……少爺……您還是別……別說了喵……」

「你要弄死我嗎！」雲泰清氣急敗壞地叫。

威壓像出現時一般突然消失。

泰昊的手在貓咪上方揮過，牠化作一個長髮小蘿莉。今天她穿了一件裙子，沒有再像那天一樣赤身裸體，讓雲泰清鬆了口氣。

「你還要為她求情嗎？」泰昊問。

雲泰清：「……」

他整理了一下情緒，說：「我又不是因為她是貓才求情的。沒做好工作是她不對，但也不表示你就能體罰她啊。」

泰昊說：「我不會體罰她。只是罰她去做別的事情。」

雲泰清「哦」了一聲，說：「那是你們的工作，我就不干涉了。」

黑城、白麗和花傑三人的眼神又戳他好幾個洞。就算他們沒抬頭，他也能感覺到。他這個人，毫無原則的包容只限於貓，至於人類，犯了錯當然要嚴懲，但貓是這世界上最可愛的動物，不管牠做了什麼，也不能動牠們一根爪子！

泰昊說：「你起來。為隻貓下跪，像什麼樣子。」

雲泰清超級委屈！他不是為了貓下跪好嗎！他是被眼前這位神仙捏跪的好嗎！

他乖乖坐回原位，十分委屈。

泰昊看他的模樣，摸摸他的背脊，輕輕嘆了一聲，再次把花傑變回花貓。

「泰清，你這次復活之後，有很多地方不太對勁。」泰昊說，「你以前不那麼看重貓的。」

雲泰清說：「我一直都很看重啊！」

泰昊說：「你還記不記得，曾經有一次，你要帶著你撿來的野貓進到這裡？」

「哦……嗯……」雲泰清想了想，突然想起來了，「啊，是那件事啊！記得啊。」

那時他還小，剛認識泰昊不久，不太瞭解泰昊的脾氣。那天放學的時候，他撿到了一隻野貓，野貓前腿受了傷，又被一些孩子欺負，他看不過去，硬是頂著被打一頓，把野貓帶回了泰昊家。

其實他應該帶回他自己家的，但不知道為什麼，他就是想把野貓帶去泰昊家。

所幸泰昊只在他帶了其他人類的時候不開門，那天倒是給他開了門，可他的下屬說什麼也不准野貓進入，他把野貓放在門口的臺階上，跑進去求泰昊，泰昊也不同意。

他大哭了一番，抱著泰昊的腳求了好久，泰昊也沒鬆口，只讓下屬在門外處理野貓的傷口，再將野貓送走。

也不知道他那個時候是中了什麼邪，覺得泰昊不准貓咪進他家就是冷酷無情、無理取鬧的行為，在泰昊家鬧得滿地打滾、嚎啕大哭，不達目的絕不甘休。

雲泰清說：「我那個時候就已經很看重貓了吧？都那樣了還不算看重的話，你覺得我應該幹什麼？以死相逼嗎？」

泰昊說：「你還記不記得那件事的結局？」

結局？結局就是那隻野貓始終沒有進門。原因是他被泰昊手下的兩名美女輪番抱著玩，把他高興得就忘了野貓。

後來他再也沒見過那隻野貓。

雲泰清說：「小孩子嘛，都是這樣子的。」

白麗說：「少爺，當時和白雲一起跟您玩的，是我。」

雲泰清：「……」要不要這麼殘酷啊？記憶中如同天仙般溫柔美麗最心疼他最愛他的仙女姐姐……是眼前這個一點也不喜歡他的女漢子？

白麗又說：「那隻貓不是普通的貓，是『魅貓』，因感覺到『須彌芥子』的力量，想利用您作為媒介進來，竊取能量，便對您施了法術，所以您才會不達目的不甘休。我們在跟您玩的時候，解除了您身上的法術，您才會恢復原樣。所以說，您本身對貓其實並沒有如此執著。」

這話也對，除了那次之外，他再也沒有對貓如此執著過。他只是特別喜歡牠們而已。

雲泰清說：「你們跟我說這麼多，重點在哪裡？」

「重點……」泰昊說：「是我估計錯誤，所以今後花傑不會在你身邊，也不會出現在你眼前了。今後由黑城或者白麗隨時跟著你，你挑一個吧。」

雲泰清叫起來：「不是吧！你不是說要懲罰花傑嗎？懲罰完了就還我啊！你不是想殺了花傑吧？」

泰昊手一揮，牠又變成了她，但雲泰清心裡還是氣得要死，衝他吼叫：「不是說牠變成人我就一點都不在乎了！告訴你！今天你不把花傑給我，你們誰也別想跟著我！不就一死嗎！有什麼了不起！」

雲泰清十分暴躁，要不是泰昊還按著他的背脊，他就要轉身跑出去離家出走，才不管自己看起來就跟不懂事的小孩沒兩樣。

泰昊嘆了一聲，另一隻空著的手放在他的頭頂，一股暖流從頭頂百會潺潺流入，讓他暴躁的心情逐漸平靜了下來。

雲泰清悚然而驚。

天哪！

我在跟泰昊發脾氣！我在跟泰昊發脾氣！我居然在跟泰昊發脾氣！

我好大的膽子！

在意識清醒的瞬間，雲泰清嚇得都要傻掉了。

你知道在背後說上司壞話，但是緊接著發現上司就在你背後的心情嗎？

雲泰清的魂都要飛到九霄雲外了！

「我好像有……有什麼……地方不對勁。」雲泰清抖抖瑟瑟地說。

出乎意料地，泰昊並沒有生氣——雲泰清還以為他會瞬間大怒將他灰飛煙滅呢。

「我知道你的魂魄有問題，但沒想過會這麼嚴重。在你復生之後，問題竟然越來越……」泰昊看了白麗一眼，他們之間交換了一下眼神，傳達了一些他無法理解的情報，「我可以讓花傑留在你身邊——在我懲罰完她之後。然後你要記住，除了她之外，你不能再接近其他的貓。」

他說：「萬一是像貓的女人呢？」

一發現泰昊沒發怒，他這張嘴就又開始犯賤。

泰昊看著他的眼睛，說：「尤其是像貓的女人。」

雲泰清：「……」

接下來的事情就跟他無關了，他拉拉雜雜地下了一堆他聽不懂的命令，交代了一堆他不理解的事情，然後黑城和白麗就拎著花傑走了，順便帶走那一大包殘魂，留下那個猙獰的苗阿妙，用牽魂線繫著，交到他手裡。

泰昊牽著雲泰清走出「須彌芥子」，他的情況似乎好了一點，泰昊便放開了他，讓他帶著那個女孩的殘魂去辦事。

泰昊反覆叮囑雲泰清，若是出事，一定要叫他，否則定要他好看。

雲泰清唯唯諾諾地同意了，拽著猙獰小鬼出了門，過了一會又跑了回來。

「泰昊……」他小心翼翼地說：「你有沒有辦法……讓普通人能看得見它？一會就好。」

泰昊盯著他的眼睛看了一會。

雲泰清衝他諂媚地笑。

泰昊伸出手指，在苗阿妙的手背上點了一下。

殘魂的身體發出一陣柔和的亮光，缺失的部分驟然補完。小女孩身體透明，四肢健全，身穿小小牛仔裙，梳著兩條小辮子，辮梢垂在小肩膀上。

正介於孩童與少女之間的年紀，一朵將開未開的小花苞，永遠停留在這個時間裡。可惜很快要消逝在天地之間。

在泰昊碰到苗阿妙的同時，苗阿妙便收起了那猙獰的表情，卻也沒有其他的表情，只是像個人偶一樣乖乖地站在那裡，紋絲不動，面無表情。

「你有十五分鐘。」泰昊說。

雲泰清問：「她還有可能恢復嗎？」

泰昊說：「不可能。」

雲泰清點點頭。也是啊，缺失了那麼一大塊，就算是個活人，也該死透了，更何況是脆弱的魂魄。

雲泰清牽著黑城在苗阿妙身上繫著的牽魂線，再次出門。他帶著苗阿妙一路走下樓梯，來到了一〇一室房間的門口，敲門。

他敲了許久，能聽到裡面有聲音，卻沒有人來開門，無奈，只得喊道：「阿姨，妳還想見妳女兒嗎？」

話音未落，門刷地開了。

中年女房東眼睛通紅，面色發黑，頭髮有一半都已經花白，簡直如同地獄中爬出來的惡鬼，整個人彷彿要噴出火來。

然而見到是雲泰清，她愣了一下。

白麗給她的禁制很有意思，雖說封鎖了她那天大部分的記憶，但是在見到雲泰清的時候還是會解開，直到雲泰清離開她的視線為止。

也就是說，她只要看見雲泰清，就能想起那天發生的所有事情；若是雲泰清離開，她的記憶就會重回模糊不清。

「你……」

「我們能進去說嗎？」雲泰清說。

女房東猶豫了一下，還是讓他進屋了。

屋子裡依然亂糟糟的，雜物比那天更多。

雲泰清懷疑裡面藏著蒼蠅、蟑螂、老鼠，以及在這條垃圾食物鏈上的其他東西。進屋之後他也沒往裡走，順手關上門，就在門邊右側飯廳的位置上坐了下來。

他一挪開，苗阿妙便從他身後露了出來。他沒牽著它，它就乖乖地站在門口，面無表情地盯著女房東。

女房東的表情從疑惑變成驚異，由驚異變為驚喜，又從驚喜變成了悲痛欲絕。

「我的女兒啊——」她猛地撲向了那個人偶般的魂魄。

雲泰清只讓泰昊將苗阿妙變得能讓普通人看見，可沒讓普通人也能碰到，否則女房東若以為女兒還活著，等那殘魂消失，非說是他把她女兒拐走，那他怎麼說得清楚？

所以可以想像，殘魂如水波般蕩了一下，女房東撲了個空，幾乎撞到牆上。

「我的女兒啊！妳怎麼會變成這個樣子？媽媽賺了錢！媽媽弄到了好多錢！媽媽馬上就會找到妳了！我的女兒啊！妳怎麼會變成這個樣子……殺妳的凶手，媽媽已經把他殺了！就差找到妳了……我的女兒啊……就差一點點了……女兒啊……都是我不好……我沒找到妳！我的孩子啊……」

她撲在女兒的腳邊，似乎要把所有的悲傷都透過這幾句不成聲的語調，啼血般嘶號出來。

苗阿妙說過，自己是女房東的女兒。那個時候雲泰清並不相信這丫頭，尤其被襲擊之後，苗阿妙的話更是十分不可信。但是不管苗阿妙說了多少謊，有些事情苗阿妙沒有騙人，因為沒必要。

他在倀虎怪物面前提起苗阿妙只是意外，然而那個時候女房東的表情就變了。女房東原本明哲保身，明顯只顧著自己的性命，對那兩個怪物會對雲泰清做什麼根本毫不在意，但在聽到苗阿妙已經身亡的消息後，她毫不猶豫拿起了刀，準確地捅在怪物的心臟上，一刀一刀，一刀又一刀。

苗阿妙是她的女兒。

雲泰清嘆了口氣。其實，他寧可苗阿妙騙了自己。

女房東彷彿突然發現他的存在，又撲到他的腳邊急道：「恩人！恩人！你能把我女兒帶回來，你能讓她活過來對不對？我有錢！很多錢！我還有很多房子！我不租了！都送給你！求你把我女兒還給我！還給我！還給我……」

他又嘆了一聲。

雲泰清說：「她的死亡不是妳的錯。她被抓走之後就被殺了。」有些事情的真相何必讓她知道，讓她心裡能舒服一點，是他唯一能做的事了。

「我也是機緣巧合才遇見妳的女兒，也算是緣分吧。所以，我求了高人，讓妳再見妳女兒一面。妳還有十分鐘的時間，之後地府的人會帶她走。」

還是那句話，有些真相，沒必要讓她知道，她的女兒即將消失或被帶走，對她來說其實沒什麼區別。

女房東仍不甘心，跪在地上，苦苦哀求，聲淚俱下。

雲泰清看看手腕上的表，說：「還有八分鐘，妳要麼繼續求我，要麼再去看看妳女兒。」

女房東愣愣地看著雲泰清。

雲泰清自己並沒有注意到，泰昊不在他身邊時，他就會變得和在泰昊身邊時完全不同。硬要說的話，就是他會變得更像泰昊。

那種冷然的神性，無意中散發出來的、對於世界的睥睨和對世情的無動於衷。

雲泰清看著女房東，雙眼如同玻璃珠一般清透，帶著毫不留情的冷漠，彷彿這世上的一切都不過是他手中的一抹殘魂，抬手就能消滅。

女房東只覺得心頭發冷，不由自主地放開他。

雲泰清垂眼拂了拂衣袖。他又不是聖母，只是很不巧遇到了苗阿妙，被它坑了一把。他知道那不是苗阿妙的錯，所以他也沒在意。可緣分是很奇怪的東西，若是不了結它，就會牽出絲絲縷縷意想不到的事情來。就像他被倀虎強迫著走進苗阿妙母親的家，又在最後關頭被她拯救一樣。

雲泰清只是來斷緣的，不是來為她做心理輔導的。

他撥開女房東的手，站起來出了門。

他在門外等了五分鐘，又等了五分鐘。然後他聽到了門內的哭叫聲。

那位可憐的母親打開門衝出來跪在他腳邊，求他把女兒還給她，求地府人員不要把她女兒帶走。

門內已然空無一物，連牽魂線也消散在空氣中。

女房東的哭叫實在太過淒厲，住隔壁的男人將防盜門開了一條縫隙向外偷看，雲泰清盯了對方一眼。不知是雲泰清的臉色太難看，還是尖叫太吵人，男人只看了幾秒鐘就縮了回去，將門緊緊關閉。

雲泰清說：「我又不是神仙，地府人員要帶它走，我還能把它搶回來？妳想讓它跟妳一起待在這個破地方，沒法投胎，直到魂飛魄散？妳究竟是希望它好，還是希望它再死一次？」

女房東不說話了。她只是不停地哭，好像這樣能起到什麼作用似的。

他又說：「之所以跟妳說這麼多話，主要是我還租著妳的房子，如果真的感謝我的話，建議妳不要漲價漲得那麼快，我有點負擔不了。俗話說得好，生死有命，富貴在天。即便妳把這整棟樓都送給我，我也弄不回妳女兒，死心吧。」

女房東終於不再抱緊他的腿，只靠在門框上嚶嚶哭泣。

雲泰清覺得有點煩，抬頭看看臺階，總覺得不想上去，也不知道泰昊準備了多少教訓人的臺詞等著他。

這會他也不覺得難受，即便不能離開泰昊太遠，到這附近買點東西、放鬆放鬆總是可以的吧？

看看外面璀璨的陽光，想想多日來都泡在黑水中幾近發霉的身體，雲泰清忍不住抬腳往外走去。

出了社區門口，金黃色的陽光暖暖地照在身上，綠化帶中一棵高大的楊樹努力地伸展著枝葉，午後的暖風吹過，樹葉撲啦啦地響。

這個時間，大部分人還在午休，路上沒有什麼人，雲泰清就這樣獨自走在暖暖的陽光下，不需要考慮那些破事，只是單純地放空或買點零食，然後回泰昊身邊。沒有活，沒有死，沒有麻煩，沒有復仇，什麼都沒有，只要享受當下就好，舒適輕鬆得不可思議。

有那麼一瞬間，他都不想要復仇了。就這麼帶著新的身分活下去，似乎也不是什麼壞事，就連那些厭棄生命的想法，一時之間也不知道跑到哪裡了……

第六章

Y U T O Y A W A

有人從雲泰清身邊經過，撞了他一下。

這路其實挺寬的，五個人並排走都沒問題，那人卻偏偏走過來撞了他一下，撞得他半邊身體微微發麻。

那人對撞到人這一點似乎完全沒有察覺，自顧自地走了，連句對不起都沒說。

雲泰清頓時惱了。他在泰昊面前卑躬屈膝是因為他願意，但眼前這個人，憑什麼啊！

他一怒之下就回身抓人，臉上擺出了流氓表情，怒道：「喂！撞了人還想跑！」

然而他計算錯誤，竟沒抓住，那人頭也不回地繼續往前走。

他倒不是非要抓住那人不可，不過對方的態度也太差了，於是他想都沒想，又追了上去。可惜，這次還是沒抓住。

這回他終於注意到了，不是他沒抓住對方，而是他的手穿過了對方的衣服！

那人一身黑，走在陽光下就像一道黑色的影子，他的手掠過時，就像穿過煙塵，帶走一縷黑煙，卻無論如何都摸不到實體……

「好像又幹蠢事了……」

嗯，「又」。

雲泰清正後悔時，那人猛地回過頭來，黑色的帽衫陰影中露出一雙血紅的眼眸。

在那一瞬間，雲泰清似乎感應到一股殺氣，像一把刀迎面劈來，只用身體都能感覺到利刃破體的尖銳。

雲泰清猛地向後翻，翻到了路邊綠化帶上，才勉強躲過了利刃的侵襲。

最後他索性將整個身體埋進草叢中，結果頭頂的草咻的一聲，少了半公尺，堪堪擦過他的頭顱。

「我的媽呀！」

雲泰清冷汗都下來了。

他果斷放棄自尊，喊道：「這位大哥！我和你無冤無仇，你不必趕盡殺絕吧？只要你不出手，我們還可以當好朋……哎呀！」

也不知那人是聽不見，還是裝作聽不懂，他雙手一舉，周圍空氣突然就發生了變化，在陽光下扭曲成詭異的方向。

那人雙手一揮，那兩把巨大的風刃就飛了起來，瘋狂旋轉，如斷頭鐮刀一般直衝向他。

雲泰清尖叫一聲，連滾帶爬從草叢中狂奔而出，向另外一邊的綠化帶衝去，一方面還在心裡吐槽自己：我那麼賤幹什麼呢！這不自找麻煩嗎！

那裡有一座荷花池，池裡有裝飾用的假山，幸運的是，裡面並沒有水。雲泰清一頭撲進池子，兩把風刃在他腦袋上錚然大響，假山被風刃削成幾塊碎片，乒乒乓乓砸了下來。

雲泰清以非常難看的姿勢連滾帶爬竄出荷花池，砸下來的假山碎片詭異地亂飛亂竄，他躲了幾次都沒躲掉，還有一塊砸到了他的腦袋，右手一摸都是血。

他就這麼回去肯定要被泰昊罵死！

想想，此時此刻他為什麼還不向泰昊求救？

但他要怎麼向他求救？

啊，這種「因為一時手賤而導致的悲劇」，求問：我該怎麼向泰昊解釋，才不會被泰昊的眼刀殺死？

雲泰清在內心吐槽的同時，黑衣人面無表情地走了過來。

嗯，那人沒用走的，是用飄的。黑色連帽下看不清臉，只有那一雙紅色的眼睛在黑暗中發光。

看就知道不是正常生物啊！

雲泰清被砸得頭有點暈，那人一路飄過來，一把小小的風刃在手中成型，刃尖準確地指向他的鼻梁。

「倀虎在哪裡？」那人問。

他的聲音十分粗啞，就像蛇皮擦過磨刀石，聽在耳中覺得渾身不舒服。

雲泰清終於明白了，這事不是他自找的，是倀虎的錯。

雲泰清做出小市民欺軟怕硬的模樣，腆著臉說：「這位大哥，小的有眼不識泰山，得罪了大哥。不過上天可鑑，小的從來沒見過什麼長虎短虎的，不管誰偷了你的東西，那個人絕對不是我！」

那人可能也想不到雲泰清會這麼不要臉，一時間愣了一下，有點猶豫。

雲泰清一臉諂媚，悄悄地想離那風刃遠一點，誰知那人卻突然清醒過來，又將風刃逼近了他的脖子。

「你沒見過倀虎，身上怎麼會有他們的血腥味！」

你的鼻子也太靈了吧！白麗都用藥給他泡了好幾天，只差沒將他泡成浮屍，連他自己都聞不到任何味道了，眼前這位居然都能聞到！難道是狗鼻子嗎！

雲泰清說：「我真不知道你在說什麼！血腥味的話，昨天我和別人打架鬥毆，搞不好是那個時候沾染上的？話說大哥你是不是認識那些人？能不能告訴我他們尊姓大名？別的不說，他們砸壞了我的車，也得賠償我是吧？要是你認識他們，還請千萬不要隱瞞！你不知道我的車有多慘，光是維修費就……」

他像個完全沒發現對方不對勁的傻子，死抓著無關緊要的問題糾纏不休，說得口沫橫飛，恨不得那兩個已經化作飛灰的巨漢被他狠狠抓起來，送到警局去維修那輛根本不存在的汽車。

那人似乎被他的舉動驚呆了，殺氣逐漸消失，風刃消亡，連他本人都退了好幾步，最後轉身就要走。

雲泰清趕緊追在他身後，高聲叫道：「大哥你別走啊！你不告訴我他們是誰也行，能不能告訴我他們住在哪裡？在哪工作？有親戚朋友沒有……」

那人走出去兩步，突然想起了什麼，猛地站住了。

「不對！倀虎身上有毒，你沾染到他們的血，這個時候應該——」

「應該已經死了對吧？」

雲泰清笑嘻嘻地說著，在對方反應過來之前左手一伸，扣住了黑色連帽下虛幻的臉。

那人在雲泰清掌心之中發出尖厲的長嘯，聲音比指甲刮過黑板的聲音還要難聽。而他的手腳彷彿失去了作用，再也凝不出風刃，只會在原地掙扎抽搐。

雲泰清將那張臉從黑色連帽下扯了出來，就像從殼中拉出一隻蝸牛——一個沒有四肢、沒有實體的軟體動物，僅有一顆人類的頭顱。在他被拉出來的同時，那件黑色衣服在陽光下逐漸消融，只剩下怪物一樣的魂體在雲泰清手中扭動。

陽光下，這個魂體似乎非常痛苦，彷彿被炙烤一般，不斷地發出難聽的慘叫。

雲泰清看著自己的左手，十分滿意。

白麗在處理混血倀虎魂體的時候，拋灑的白玉沙漏了一地。而雲泰清剛好被泰昊捏跪在地，撐在地上的左手因此沾染了滿手細沙。

白麗說過，她用白玉沙將倀虎詭異的魂魄和肉體分開，可見白玉沙本身就有隔離魂魄的作用。

雲泰清不太清楚自己手上沾染的沙子夠不夠發揮作用，但是看著倀虎魂魄離體之後的痛苦模樣，他猜至少能讓這傢伙難受不已吧。實在不行，再向泰昊求救。如果來不及，也不過再死一次，他再換個身體就是了。

被這麼一攪和，原本偷得浮生半日閒的心思也沒有了，雲泰清拎著那怪物一樣的魂魄走回社區。

一〇一室房門口，女房東已經不見了，她的門也緊緊地關著。

女房東的心情，雲泰清能夠理解。

她失去了自己的女兒，或許也因為這件事失去了她的家庭。從那時起，她的生活就圍著這個失蹤的女兒打轉，她所做的一切都是為了她的女兒。她用最為苛刻的方式將房間分隔租了出去，連自己的房間也盡可能壓榨，只是為了攢錢尋找她的女兒。

只可惜這世上有那麼多事情不能如意，無論你如何努力，總有一些故事不能HAPPY ENDING。

這就是現實。

也許從此之後，她會拋掉那個無法追尋的包袱，為她自己而活著。

也許她正在恨他。如果不是他，她可能還抱著一絲希望，希望她的女兒依然在人世，過著幸福快樂的生活。

也許她正在房間裡默默哀悼她死去的女兒。

也或許她已經到了別的地方選擇輕生。

但是那些都和雲泰清沒有關係，他也只是感嘆罷了。

生活都是自己過的，不管別人用什麼辦法救你、幫你、拉扯你，如果你非固執地往某個地方去，那是誰也攔不住的。

雲泰清哼著歌進門，剛把門甩上，沙發上的泰昊就直接一記眼刀捅在了他的胸口。

雲泰清不由自主撲通一聲跪下。

「我又做錯什麼了？」雲泰清大聲說，心裡委屈極了。

剛剛獨立解決一個怪物，正等著誇獎，結果一進門還沒來得及求表揚，就直接被眼刀擊斃，他冤不冤啊！

泰昊坐在小小的沙發上皺眉看著他，就像坐在高高的王座上蔑視他。

「我跟你說過什麼？」

「你說了好多話。」他憤怒又不敢大肆表現出來，十分委屈。

「我告訴過你，你受了很重的傷……」他捏了一下眉心，這是他最接近於人類的動作了，「你能不能消停那麼一會？」

雲泰清說：「不是我的錯啊！」他舉起那個畸形魂體，「這東西聞到我身上有倀虎血的味道，就要殺我，我可是拚了命才從他手底下逃出來，不然說不定又死了一回！」

泰昊沉默地看了他半晌。

雲泰清覺得泰昊內心正在天人交戰，也許下一刻就會把他拍成粉塵，不過臉上完全沒有表現出來。

「你並沒有離開我的身邊，剛才你的所作所為，我都『看見』了。」

雲泰清：「……」

也就是說，他的那些腦殘舉動，泰昊全都看見了？

「這個東西本來是要找倀虎的。」泰昊說：「味道最濃的是他們死去的地方。我安排了人手等著抓捕他。如果不是你反覆糾纏，他早就應該被抓住，半點也傷不到你……」

雲泰清忍不住插嘴：「我沒有受傷。」

泰昊深吸了一口氣。

雲泰清覺得泰昊下一刻就要親自上前揍他了。

然後他想起了腦袋被假山碎塊砸到的地方，剛才只顧著回嘴沒覺得疼，這會卻開始一跳一跳地隱隱作痛。

簡直沒人能比他更蠢了……好痛……

泰昊打了個手勢，房間內的陰影彷彿突然活了過來，四個人從黑暗中走了出來，兩個黑衣的男子，兩個白衣的女子。

那兩個男子一身黑色中式唐裝，女子則是白得耀眼的古典垂膝裙，露出兩條纖細的美腿，腳上是白色的繡花鞋。

他們向雲泰清拱手屈膝，為首的女子柔聲道：「少爺，屬下白玲，他們是白芳、黑羽、黑竹，暫代白麗和黑城之職。」

他以前所見最多的就是這樣的黑白色服裝，這似乎是他們的制服。而白麗和黑城的身分似乎與這些人不同，反正他見過幾個身分較高的，身上的服裝都是特別的設計。

那女子說完，看了泰昊一眼，也不知道得到了什麼命令，便向那個名為黑竹的男子一點頭，他半跪下來，向雲泰清伸出一隻手。

雲泰清想了想，撒手將那個畸形的魂體交到他手裡。

黑竹的表情突地一變，似乎沒想到雲泰清會這麼做；而那個魂魄一離開雲泰清的手，就跟離開水的魚一般跳了起來，氣急敗壞地尖叫著，幾乎彈跳到房頂上去。

房間裡突然出現殺氣的利刃，他們身周的空氣轉眼間化作罡風般凌厲，雲泰清用肉眼就能看到十幾個鋒利的漩渦正在這小小的空間裡成型。

白玲和白芳立時雙手捏訣，口中念咒，手中啪啪啪換了幾個動作，一道無形的禁制颯然鋪開，將那畸形魂魄扣留在不到一公尺立方的小小禁制裡。

黑羽也同時捏訣，伸出的手托著一個鳥籠大小的籠子，小小的前門大開，將那畸形魂魄吸了進去，方自動關閉。

那魂魄原本在雲泰清手中時，大概有一公尺長，到了鳥籠裡卻縮小了不少，像一隻僅有四十公分長短的小蟲，在裡面旋轉，不停施放出細小到幾乎看不清的風刃，卻怎麼也逃不出來。

那些利刃漩渦失去指揮，在空中旋轉了幾秒鐘，頹然化作無害的旋風，最後消失無蹤。

黑竹羞得滿面通紅，低聲道：「少爺，您……您只要扶著屬下的手站起來就好。」

「……」雲泰清沉默，心想：誰讓你不說清楚！任誰都會弄錯好嗎！

雲泰清扶著黑竹的手站起來，問：「你們要把這怪物怎麼辦？殺掉嗎？」

白玲恭聲道：「回少爺，屬下要對此魂體進行拷問，等問清楚他們的老巢，再進行搜索，找到幕後之人，以防再出現這種逆天的怪物。」

雲泰清點了點頭，沒有再說什麼。這些人畢恭畢敬的態度令他十分不適，於是也不再理會，穿過他們的包圍走到泰昊身邊坐下。

他們四個對他的無禮表現也沒有顯露出不悅，向泰昊躬身後便告辭。

四人帶著籠子在空氣中消失，就像從來不曾存在一樣。

他們一走，泰昊便按住雲泰清的手腕，這次雲泰清並沒有太多感覺，既不覺得有什麼不適，也不覺得有什麼東西被撫慰。

雲泰清得意地說：「我好像好了耶！看來魂體恢復也不像白麗說的那麼困難嘛。要不就是我抵抗力強，果然與眾不同……」

泰昊又皺眉，另一隻手拂過他的額頭。

雲泰清後面諸多自吹自擂的話語又吞了回去。他悄悄地摸了摸額頭，那個傷口在泰昊的撫摸下立刻消失。

「你為何如此關心倀虎魂魄之事？為了那個殘魂？」泰昊開口問道。

雲泰清說：「我才不關心魂魄殘不殘缺呢！我關心的是另一件事。」

前幾天被他們強行拖去訓練，訓練前一句多餘的話都來不及說，訓練後一句多餘的話都不想說。

今天他獨自解決了敵人，心情自然好得沒話說，也願意跟泰昊說些之前沒交代清楚的事情。

於是他將苗阿妙跟他說的那些話對泰昊說了一遍，又將他死去時候的事情也說了，重點是方躍華說過的那些話。

「……總之就是這樣。你說他們講的是不是同一件事啊？難道我的死就是因為有妖物要用我來煉器什麼的？我在小說裡看過的，某人魂魄是無上爐鼎，得之者天下無敵什麼的……」

他的聲音逐漸小了下去，因為他看到泰昊眼睛裡的鄙視。

「說錯了就說錯了，你解釋一下我不就知道了？何必這麼看我……」他低聲自言自語。

泰昊的手指在他的手腕上敲了兩下，似乎在考慮什麼。過了許久，久到雲泰清都以為他要用沉默把這件事混過去，他才開口。

「倀虎所說的『時間到了』，可能是指……時機到了吧。」

泰昊猶豫地說著，即便這個時候他說得含糊，不過雲泰清一時也沒在意。

「他們可能在做什麼祕法，需要鍛造成熟的魂魄，以其他雜魂為輔。可是不知道為什麼，他們失敗了，所以造成那些殘魂的存在；也可能他們功了，那些殘魂不過是剩下的爐渣。但你的魂魄與眾不同，這些事應該與你無關，你不必在意。」

「鍛造魂魄？那是怎麼鍛造的？放爐子裡？」

泰昊「嗯」了一聲，用教科書般的語氣說起了魂魄鍛造法，以崑崙玉鼎為爐，深海蛟泥燃火，搭配龍骨蛇鬚之類的材料，從月圓到月缺，遵從江潮到月汐之類的天文地理……

雲泰清聽得頭昏腦脹，趁著泰昊說話間隙趕緊打斷他：「好的好的，我明白了……」

真不幸，作為一個普通人，一輩子都接受科學薰陶的他壓根就沒聽懂，只能迅速扯開話題。

泰昊頓住，安撫地摸了摸他的頭頂，就像摸一隻正在炸毛的貓。

雲泰清沉默了一會，突然想起泰昊剛才說的話，「等一下！你說我的魂魄『與眾不同』？什麼意思？我的魂魄怎麼了？你以前也說過，我的魂魄會死而復生，無法輪迴，難道……『與眾不同』是這個意思？」

泰昊乾脆地點了頭。

雲泰清激動起來：「那我的魂魄……？」

難道說他是救世主？玄幻小說裡的男主角？動動手指就能讓世界毀滅的上古天神？

他好想知道好想知道好想知道……

泰昊終於張開了他尊貴的嘴巴：「……我不會說的。」

「什麼？」

泰昊又說了一遍：「我不會說的。」

雲泰清都要抓心撓肝滿地打滾了，「別這樣啊！都說到這分上了，你要嘛說謊騙騙我，要不然剛才就別說啊！」

泰昊縱容地看著他，說的話卻沒有半點通融的意思：「我不會向你說謊。只是，這件事還不到你知道的時機。想要知道一切，你自己去查。」

泰昊說得沒錯，從以前開始，他從不對雲泰清說謊，如果有事情需要告訴雲泰清，就會直接告訴他；他不說的，不管雲泰清滿地打滾也好，抱著他的腿哇哇大哭也罷，都沒用。

雲泰清坐了回去，心裡暗暗計算，如果現在抱著他的腿嚎啕大哭，會不會比小時候更有用些……

泰昊保持觸碰約有半個小時才與雲泰清分開，讓他自己找事做。

雲泰清十分委屈地回臥室睡覺了。

不久之後，泰昊又回到他身邊，躺在他的身側。

睡到半夜，雲泰清突然驚醒，睜大眼睛猛地坐了起來。泰昊本能地握住了他的手。

「怎麼了？」泰昊沉聲問，聲音中沒有絲毫睡眠後的沙啞。

雲泰清看了看床頭的電子鐘，螢幕上顯示著凌晨兩點。

他驚魂未定地說：「我……我好像感覺到了……震動，然後是一片虛無。好像是什麼東西不見了！」

泰昊聽聞他的話，也坐了起來，略一思考，抬腳便下了床。

「黑鶩！」他沉聲道。

雲泰清也下床追了出去，眼睜睜看著一個穿著黑色皮夾克的人影從客廳窗簾的暗處匆匆忙忙地走了出來。

「主子。」那男人跪在地上拱手。

泰昊身邊的人穿的衣服雖然只有黑白兩色，但幾乎都是正裝。這種穿著夾克的，雲泰清還是第一次見到，不由得有點好奇。

泰昊道：「你立刻回去，看白玲他們四人在哪。」

那人低頭領命，立刻又返回窗簾旁的黑暗中。

雲泰清拉住了泰昊的衣服下襬，問：「怎麼了？出什麼事了？」

泰昊看看他，嘆了口氣。

「是我疏忽了……」他輕輕地摸了摸雲泰清的臉，道：「我和手下所有的僕從，都有上下級連結。以前你太嬌弱，沒有辦法和他們製造連結，所以我並沒有注意到。現在你一天比一天更強……你今天碰到了白玲他們四個，是嗎？」

雲泰清點點頭，他碰了黑竹的手，又從他們四個中間穿過，碰到了他們。

他能理解上下級連結是什麼，是類似於心靈感應的東西，透過這個，泰昊隨時都可以知道自己的下屬有沒有危險。

「你在碰觸他們的時候，代替了我和他們的連結。所以他們出事，我沒有任何感覺，你卻因此而驚醒——這是他們死亡的警示。」

原來那四個人……已經死了？

雲泰清呆呆地看著泰昊。

泰昊拉著他在小小的沙發上坐了下來，攬住他的腰，以維持最大限度的觸碰。

很快，剛才的男子帶著兩名白色長裙的女子從黑暗中閃出，紛紛跪在泰昊面前。

「主子，白玲他們出事了！」黑衣男子急切地說完，看了一眼身後的女子，發現她們沒有反應，伸手推了她們一下。

那兩名女子進來後頭也不敢抬，近乎五體投地，開口時聲音顫抖，不知是不是已經嚇丟了魂。

第一個女子道：「屬下是視察部浮見白風。追蹤部白玲等四人進去前帶上了攝魂石，我等一直待在視察部內追蹤。他們進去之後不久，攝魂石發生故障，他們收不到聲音，也看不到圖像。我們的人一直在調試，確認這邊沒有問題，可見是他們那邊出了問題，就派了一名追蹤浮游前去查看。」

第二個女子道：「屬下是追蹤部浮游白英。屬下過去的時候已經晚了，只聽得一聲巨響，也不知是什麼東西，震得屬下幾乎神魂俱散，屬下只能跳入躍洞逃生。當時附近正巧有幾名遊魂，皆被震波撕成碎片，無法轉生。等屬下再去察看時，該地已成一片廢墟，周圍一里之內，所有遊魂都消失無蹤，白玲他們只怕已然凶多吉少。」

雲泰清一愣，想起之前見到的那四個人。只見了一面，他其實都不太記得他們的臉，但從此之後，他們就這麼消失了。

徹徹底底地消失無蹤。

泰昊垂著眼睛，不知道在想些什麼。

浮游白英一直低著頭說話，聲音聽起來沒什麼問題，但雲泰清卻能看到她嘴邊不斷溢出黑色的液體，沾染得白裙上一片髒汙。

那三個人戰戰兢兢地跪著，誰也沒想著為白英治療一下。

雲泰清靠過去在泰昊耳邊說了一句。

泰昊看了他一眼，似乎不贊同，卻沒有說出拒絕的話。

「白風，先回去吧。白英，告訴追蹤部浮見，她今後不必再幹了；至於妳，回去以後好好治療自己。黑鶩，你暫代追蹤部浮見之職，放出所有浮游，去查。」

白風和白英明顯鬆了一口大氣，伏在地上叩拜，方才起身退下，消失在黑暗中。

黑鶩卻還跪在原地，看著面前並排的兩雙居家鞋，在一片尷尬的沉默中硬著頭皮道：

「主子，屬下無能，請主子賜下手令……否則追蹤部浮游……可能不會聽從屬下的號令。」

泰昊靜默了一下，說：「我把泰清給你。」

雲泰清：「咦？」

黑鷲大驚失色，伏地道：「屬下不是有所不滿……」

泰昊冷冷地說：「我知道你沒有不滿。只是泰清對此事十分關心，你順便帶他同去，誰有不同意見，讓泰清跟他們說。」

雲泰清高呼：「等一下啊！雖然我對這事的確很關心，但沒說我想查啊！怎麼突然就丟到我頭上了？再說我是什麼身分？你我又是什麼關係？他們憑什麼聽我的啊！你乾脆就給個信物什麼的——」

泰昊看了他一眼。

雲泰清把剩下的話吞了回去。

泰昊摸了摸雲泰清的頭，最終還是輕嘆一聲，從尾指上褪下一枚戒指，簡簡單單的一個銀色圓環，細看時才能發現上面刻著繁複的鏤空花紋。他將那戒指戴在雲泰清的右手無名指上。

雲泰清整個人都不好了，內心無限吐槽：明明泰昊的手指看起來跟我差不多粗細，怎麼從尾指上褪下來的戒指能戴到我的無名指上！這太不科學了！

「這枚戒指是我的信物。」泰昊說，「你本人便是我的信使。不聽號令者，隨你處置。」

泰昊一揮手，黑鷲立刻向他行禮，拉著雲泰清就走。

可雲泰清一點也不想參與這份莫名的工作，剛才的話只是為了讓泰昊收回成命而已。如今他卻被釘死在這個任務上了！

他還想垂死掙扎說點什麼，黑鶩卻很有先見之明地挽住他的臂膀，一頭撲進黑暗中，把他所有的話都憋了回去。

這黑暗可能就是他們所說的「躍洞」。黑鶩拖著雲泰清跳進去，瞬息之間就從另外一邊跌了出來。黑鶩倒是很穩，雲泰清卻是一腳踏空，眼前一黑，隨即又觸到了地面。胃袋彷彿在空中飛翔又墜落地獄，彷彿從虛空一步躍入真實。

剛到地方，黑鶩一把雲泰清放開，雲泰清就找了個垃圾桶乾嘔半天。胃裡當然什麼也沒有，泰昊在他身邊停留這麼長時間，他根本什麼也沒吃過。

雲泰清虛弱地罵道：「你他媽……以後使出移形換影的時候……能不能……先給個警示？」

黑鶩不像黑城總是損他，很死心眼地向他解釋：「少爺，那不是移形換影，是躍洞，我們行動時所用的法器，遠距離行動很方便……」

「我他媽當然知道！我在吐槽你聽不出來嗎！」雲泰清大吼。

黑鶩無語地看著他。

雲泰清回過神來才發現，他們周圍有很多人，不少人在他們身邊來來去去，有些人對他指指點點，甚至還能聽到隱約有人在說：「你看，醉鬼！」

雲泰清鬱悶極了，問黑鷲：「這是哪？」

黑鷲把他轉了個圈，他這才發現，他們正站在巴里村的牌坊前。

確切地說，他們正站在巴里村的廢墟前。

受災後剛剛建好的巴里村已經被震成了一片廢墟，斷壁殘垣黑沉沉地堆積著，彷彿一座高大的墳墓。剩下的牌坊缺了兩個角，顫顫巍巍卻屹立不倒。廢墟上不時冒出火焰，或產生一些規模不大的爆炸。

浮游白英說起遊魂消失的時候，他就知道現場一定很嚴重。卻沒想到受害的根本不只遊魂，而是在一里之內的所有東西，包括死物和活物。

很多人圍著巴里村的廢墟指指點點，不時發出一些驚呼。周圍很多電視臺的媒體，甚至連普通人都在拿著手機錄影，用各種手段記錄著慘案發生時的情況。

「我跟你說，那房子瞬間化成灰燼……」

「好大的震動……」

「沒有聲音……」

「超過這條街連震動都感覺不到……」

「究竟是恐怖襲擊，還是……」

但有幾個人真的為這場災禍而傷心呢？

雲泰清看向黑鷲，問：「你帶我來看這個？」

黑鷲一擺手，帶著他向巴里村的廢墟走去。

有警察在前方擋住了他們的去路，只見黑鷲從口袋裡拿出了……

刑警證？

他拿出了刑警證！泰昊的下屬，拿出了刑警證！

無視一旁吃驚的雲泰清，黑鷲把刑警證在那警察面前晃了晃，說：「本區派出所的所長在不在？」

那警察說在，正陪著上級長官安排救災事宜。

「叫他過來，就說他的上級來了，問是誰的話，就說姓泰。」

那警察有點莫名其妙，但還是跑到一邊叫人。

雲泰清說：「你別害我們被抓起來。」

黑鷲說：「您放心，就算抓走我，也絕對沒人敢動您的。」

雲泰清閉上了嘴。

那位所長沒兩分鐘就出現了，是個穿黑色制服的中年警察，身體有些肥胖，跑過來時滿頭大汗，連那個叫他的小警察都被甩在了後面。

所長跑到他們面前，對著黑鷲點了點頭，又看向雲泰清，眼睛裡有點疑惑。

黑鷲拉著雲泰清的手，讓那人看了一眼他無名指上的戒指。

所長恍然大悟：「怪不得！我就說感覺氣息是主子，怎麼看起來卻是少爺。」

「……」雲泰清目瞪口呆，心想：泰昊到底是什麼人啊……管的不只是非科學的人事物，連這種人間官員也管了嗎？

周圍人很多，這位中年所長也不適合做什麼行禮的動作，只是寒暄了幾句，同黑鶖嘀嘀咕咕了好半天，大概是追蹤部權力交接的事情。

巴里村大部分建築都化作齏粉，雲泰清和黑鶖爬上了殘垣，一直向裡走去。

不知怎麼回事，雲泰清彷彿能感覺到廢墟的中心有什麼東西在呼喚他，就像夢中感覺到的那股震動，說不清楚，想不分明，卻知道它就在那裡。

於是他毫不猶豫地朝那個方向走去。

黑鶖有點驚訝，跟在他身後說：「少爺，您有感覺嗎？」

雲泰清大概形容了一下他的感覺，然後很確定地指著一個方向道：「就是那裡。」

黑鶖靜了一下，說：「少爺，您是不是和白玲他們有了上下級連結？」

雲泰清點點頭。

黑鶖又道：「少爺，您以前是沒有這種能力的，所以主子也跟您說。我們這些追蹤部浮游，您最好不要接觸，以防再出現連結。」

雲泰清邊走邊問：「出現連結怎麼啦？」

黑鶖還想再說什麼，雲泰清卻覺得腳底下被絆了一下，頓時忘了他的問題，低頭往腳下看去。

有什麼東西絆倒了他。

那是一個籠子。

像鳥籠一樣，一半露在沙土外面，一半被埋在裡面。

上次他見到它的時候，它還在黑羽手中，剛剛裝進了一隻怪模怪樣的魂體。

他和黑鶩扒開沙土，將鳥籠拿了出來。裡面的魂體已經沒有了，籠子卻完好無損。

他們站在廢墟上，手中拿著在這場襲擊中唯一存留下來的鳥籠。

舉目四顧，夜色低垂，遙遠城市的警燈閃爍，看熱鬧的人人聲鼎沸。只有他們腳下的這片廢墟，已然沉入永久的靜寂。

那天晚上，他們在巴里村的廢墟上僅僅找到了那個保持原狀的籠子，其他的什麼也沒有，包括籠子裡的東西，也不知是化為灰燼，還是被人救走。

雲泰清想應該是前者吧。

然後黑鶩馬不停蹄地帶著雲泰清在躍洞中穿梭了十幾次，見了幾個各行各業的從業人員，上至部長，下到收銀員。

他們之間似乎毫無關聯，但在看到他時，總把他錯認為是他們的主子，然後等黑鶩亮出他手上的戒指，才恍然大悟地叫他少爺。

當然了，他們的服裝依然非黑即白。

雲泰清悄悄地問黑鶩：「你們這個追蹤部到底是人間的部門，還是陰間的部門？」

黑鶩恭敬地回答：「既是陽間，也是陰間。」

雲泰清：「……」他只是試探一下，沒想到黑鶩居然會回答他！

「追蹤部是幹什麼的？」

「在人間追蹤陰間或天界無法追蹤的人、神、鬼、事。」

雲泰清趕緊乘勝追擊：「泰昊的職務呢？他到底有多少下屬？有多大的權力？有多大的本事？他到底是誰？」

可能是他太著急，也可能問的方式有誤，讓黑鶩生出了警覺的心思。

黑鶩這人看起來老實，卻十分精明。他對於雲泰清的提問一徑憨笑，無論雲泰清問什麼，都沒再從他嘴裡得到答案。

見過了十幾位浮游後，雲泰清覺得再進躍洞他的胃就要翻出喉嚨了，黑鶩這才大發慈悲地告訴他，人都見完了。

雲泰清問：「你們就這點浮游？」他們看起來不像是只有這麼點人。

黑鶩說：「那十六個人是浮游小組的負責人，屬下只要帶您見過他們，確認權力交接的事情即可，沒有必要見其他的三千六百八十四人。」

雲泰清點點頭，對於泰昊的身分有了更深一層的好奇。

第七章

Y U T O Y A W A

他們回到張小明的蝸居，泰昊又不見蹤影，只有花傑拖著肥敦敦的身體坐在飯桌上舔爪子。

見他們回來，牠跳下飯桌，恭敬地趴在地上，連尾巴都乖乖地放在屁股後面，沒有胡亂掃動。

雲泰清見不得牠這樣，彷彿有人使勁虐待過牠一樣。

他上前將牠抱起，撫摸著牠順滑的毛皮，撓撓牠的耳朵問：「泰昊呢？」

花傑被撓得渾身顫抖，發出咕嚕咕嚕的聲音，頓時不高冷也不卑微，露出了一臉的正經貓樣回答：「主子有要事，先走了。」

雲泰清說：「他不怕我又把肝吐出來了？」

花傑說：「沒關係。」牠用尾巴敲敲他右手的無名指，「這戒指是主子戴在身上多年的法器，您只要戴著它，就跟主子在身邊一樣。主子說，他辦完事就會回來，請少爺乖乖的，不要自找麻煩。」

原來如此……

雲泰清點點頭，他就說泰昊怎麼那麼放心讓他跟著黑鶩，一點也不擔心他會在半路上碎成渣渣，原來是有這個做為替代。

不過什麼叫自找麻煩啊！都是麻煩找到我身上好嗎！

黑鶩將他送回家，絮絮叨叨地還想囑咐兩句，花傑不耐煩地說：「就你事多！快滾蛋！」

黑鷲聽話地閉上嘴，轉身跳進窗簾旁的黑暗中，消失了。

雲泰清驚異地說：「黑鷲可是你們追蹤部的浮見！妳怎麼敢這麼對他說話——浮見是你們的官職吧？」話說回來，他到現在都還沒搞清楚他們的工作部門是怎麼回事呢。

「哦……沒錯。」花傑咧了咧嘴，露出一口細小的尖牙，「追蹤部浮見，就是浮游的上司，所有該部的浮游都由其直屬管理，所以追蹤部的浮游當然應該聽他的話啦……但我不一樣，他可管不著我，我是特殊浮游。」

雲泰清翻個白眼，心想：什麼叫特殊浮游啊……

「對了，我今天見了不少浮游，妳怎麼和他們不一樣？那些傢伙不是黑就是白，為什麼妳是花的？」他抓著牠躺在床上蹂躪了一會，好奇地問。

「因為我是主子親自帶回來的特殊浮游。」花傑一副不想多說的樣子，轉移了話題：「你知道黑鷲那個囉嗦鬼為什麼告訴你別接觸浮游？」

他還沒說話，牠洋洋灑灑地接下去說道：「我在醫療部聽白英說了，您感覺到了白玲他們的死，對吧？您以前做不到，從前的少爺小姐們也做不到，所以主子也沒在意……這麼說吧，您看我們如此親密，如果有一天我遭人剝皮拆骨，您就會有同樣的感覺，您明白那是什麼意思嗎？」

雲泰清愣了一下，「那泰昊……也會有同樣的感覺？」那不是太倒楣了？

「那倒不是……」花傑舔舔爪子，鄙視地說：「如果說主子的精神力是地球上的海，那您的精神力就是游泳池——還是兒童用的！」

他明白了。也就是說，隕石落到海裡連水花都找不到，落到游泳池就會把游泳池砸壞。用感覺來類比的話，泰昊只會覺得像針在身上扎了一下，他卻像親身受刑。

他想了想，突然發現花傑話中的漏洞，「等一下！妳剛才說『以前的少爺小姐』？你們以前還有多少小主子？他們都是泰昊的孩子？他們都怎麼了？為什麼說是『以前的』？妳別給我裝傻啊喂！給我說清楚……」

花傑卻好像突然變成了一隻真正的貓，臉色一變，天真懵懂地開始舔毛，只用「喵嗚」跟他說話，彷彿剛才說了那一大長篇的貓根本就不是牠一樣。

人類總是出乎意料地堅韌。

雲泰清以為女房東必定不想活了，想不到，沒過幾天她就踏出房門來找他。

她是來跟他重新簽訂租賃契約的。她以一個他無法想像的低價將房子租給了他，並在租約中聲明，等跟他合租這房子的另外兩名房客的租約到期，就會以這個價格將整戶房子租給他，租金不變，租約時間不限，甚至都沒有標注繳費時間，也沒有任何違約條款。

租約條件優惠得簡直令人不敢相信，有那麼一瞬間，雲泰清甚至都不敢簽字，生怕這裡面藏著什麼陷阱。

女房東倒是很平靜，她說她之所以瘋狂斂財，只不過是為了尋找她的女兒。如今，女兒的事情有了結果，她也沒必要再去折騰那些事情。

作為謝禮，她本來要將房子免費送給他，但怕他不要，就用這方法替代。如果他想要，現在就能給他。不過跟他分租的另外一個房客經常不見人影，而美女房客朱紅悅則不同意提前結束租約，所以希望他能諒解，等他們的租約到期，她就帶他去辦手續。

雲泰清趕緊簽下新租約，阻止了女房東要送房給他的打算。他一個死人，租房子不過是為了找一個臨時落腳的地方，何必占用人家的財產。

既然房子的續租問題解決了，雲泰清也就安安心心地住在這個地方，不打算搬家了。之後，雲泰清和花傑在家住了幾天，由於有泰昊的戒指在，他也不需要吃飯，花傑不知怎的也不肯吃。就算他買了貓罐頭也沒用，明明口水橫流，眼睛都要閃出金光來，卻依舊不肯張嘴。

他原本有點擔心，怕牠營養不良。但幾天後看牠還是活蹦亂跳，並沒有快餓死的樣子，也就作罷了。

接下來的時間，雲泰清哪裡也沒去，只窩在電腦前熱火朝天地想著復仇計畫。

就在這個時候，他在某個網頁上看到了一則消息。

如果不是關注著那兩個名字，他都差點錯過了。

《知名連鎖有限公司女掌門方躍華即將成婚》。

然後他點開了那則新聞。

新聞的內容比較豪華，表面上是在說方躍華再嫁的消息，主要內容卻是天方連鎖有限公司的廣告。

新聞裡對他這個「前負責人」只大致介紹了一下，對他的「意外死亡」嗟嘆了一兩句，剩下就是對天方連鎖有限公司的大篇幅介紹，旗下餐飲公司精美的環境圖片、專業品鑑人員對其美食的誇讚……完完全全就是一篇廣告。

雲泰清又仔細看了看新聞，上面把那兩人即將舉辦婚禮的地點都公布了出來。

既然他們這麼配合，那他也沒必要客氣，乾脆去瞧瞧這對姦夫淫婦究竟過得如何，是否比殺他之前過得更自在。

方躍華和周建成的婚禮在本市的菁鳳舉行。

「菁鳳」是天方連鎖有限公司旗下的一個品牌，主打中高階層的消費族群，除了餐飲服務外，還附帶其他的娛樂服務，比如茶座、KTV等等。

本市的菁鳳有兩家，其中一家在尚卿大廈的二十四樓，是間旋轉餐廳，可以全視野俯看城市。不過這家菁鳳已經關門歇業了，至於關門的原因……當然是因為雲泰清的死亡地點就在那裡啊……

另一家菁鳳在本市的城南，是近幾年才拆遷開發的新區。

雲泰清死之前才將新分店建設大半，地皮產權完全歸天方所有，地上建築也是天方自行籌建，從裡到外完完全全是屬於天方的產業。

到了他們婚禮的那一天，雲泰清一大早就爬了起來，把前一天剛剛剪好的頭髮打理得飄逸瀟灑，穿上新買的名牌，自覺帥氣地要去參加婚禮。

花傑照例滿地打滾，要求一起跟去。

雲泰清說：「那裡人那麼多，妳這麼一丁點，一不小心被踩成貓餅了怎麼辦？」

花傑抖抖身上的肥肉說：「您說誰一丁點！」

雲泰清：「哈哈哈哈好可愛哦！」然後抓住牠一陣猛吸。

花傑怒極，使勁用後腿蹬他。

但是帶隻貓去也不合適啊！菁鳳禁止寵物入內，萬一人家不讓他進門，那不是自找麻煩？若他不帶，她硬是偷偷跟著，真被踩扁了怎麼辦？

他對花傑好說歹說解釋了半天，牠可算明白了他的意思，鄙視地偏著腦袋說：「原來您擔心這個？真是浪費時間！」

說完，花傑退了兩步，甩甩尾巴，砰的一聲化作一個七、八歲的小女孩。

雲泰清幾乎尖叫出聲，不過立刻就平靜下來。這次她並沒有光著身子，而是穿著一身粉紅色的小蓬蓬裙，長長的頭髮在腦後綁成一條馬尾辮，辮子尾巴上還繫著粉色蝴蝶結，活潑又可愛。

「這樣就可以了吧？」她說。

雲泰清瞪著她，說：「那妳是什麼身分？我的女兒嗎？」他去參加前女友和情敵的婚禮，帶這麼大的女兒是怎麼回事？示威不像示威，反倒顯得很傻好嗎！

花傑無限的鄙視都要從眼神裡溢出來了，「什麼女兒！當然是女朋友了！我這麼成熟美貌的女朋友，很有面子吧？」

雲泰清：「……我不是戀童癖謝謝。」

花傑叫道：「您毛病怎麼那麼多！我們一歲的貓都能和三十歲的貓交配了！我才十六歲！怎麼就老了！」

雲泰清無心解釋，掐著她帶著嬰兒肥的臉蛋說：「不管你們貓是怎麼做的，人類不是這麼回事！妳還是乖乖待在這裡吧。」

花傑愣了一下，好像完全沒想到的樣子，「什麼？您是嫌我小了？」

話音剛落，她的身體就發出卡卡的聲音，轉眼間就長高了一截，連臉上的嬰兒肥都小了點，七、八歲的小蘿莉化作一個半成熟的青春少女。

然而，看上去依舊不超過十四歲……

雲泰清扶額，「妳能再長大點嗎？」

「這是我最老的狀態了！您不是有戀老癖吧！」她睜大眼睛說。

雲泰清：「……」

仔細想想，其實也沒必要非得是他女朋友，他說是家中的姪女，誰又能說什麼？重要的是，要對那姦夫淫婦復仇，至於是不是成熟美女，其實並不重要。

花傑並沒有跟雲泰清一起出門，說是和本地浮游有些事情要做，先化作貓咪的樣子跑掉了。

雲泰清出門的時候，正巧同租的美女朱紅悅也打扮得花枝招展準備出去。他們兩個同時鎖住自己的房門，聽到聲音時同時看向對方，他禮貌性地向她點點頭，她卻愣了一下，目光閃爍地將他上下打量了一番。

雲泰清本能地看看自己，似乎並沒有什麼值得她驚訝的地方，可能這身休閒裝扮看起來比較年輕？

他們一起走出屋子的防盜門，他十分紳士地讓她先走，自己回身鎖門。

雲泰清以為照他們之前相處不愉快的程度，這位小姐會直接走掉，結果她卻完全不按劇本。在他用鑰匙鎖門的時候，她就靠在門邊，不時用白嫩的指尖捲起一縷頭髮，含情脈脈地看著他。

雲泰清：「……朱小姐，妳有事？」

這女人沒毛病吧？前幾天無視他的存在，對泰昊含情脈脈的事情他還記得呢。今天這黏糊糊的目光又是怎麼回事？

朱紅悅開口了，連聲音都柔媚了好幾度：「這位小哥，你是小張的兄弟？」

雲泰清：「……」他站在原地好半天都沒理解她到底什麼意思。

「朱小姐，妳還是像以前一樣，叫我小張好了。」雲泰清有自己的事情，沒空和她閒聊，說完就轉身下了樓。

朱紅悅踩著高高的高跟鞋追在他身後——難為那麼高的樓梯都能趕上他的速度——那聲音嬌媚得都快要滴出水來了：「原來你真是張小明的兄弟啊！我看你和他真的很像呢。張小明還真是有意思，爸爸和哥哥都長得這麼帥，和他一點也不一樣。」

雲泰清一愣，這女人好像不是在開玩笑……

他的臉出了問題？可今天早上他在鏡子裡看的時候，並沒有注意到這張臉有什麼變化啊。

雲泰清放慢腳步，裝作要等她的樣子，慢慢地走在她旁邊。

「妳覺得我和張小明有幾分像？」他問她。

朱紅悅看著他的臉，有點不太確定地說：「七、八分像吧……要不是我經常看見他那張臉，說不定就把你當成他了呢。你好像也比他高了不少喔！我一穿高跟鞋，他在我面前就得抬頭呢，呵呵……」

雲泰清這才發現，她跟他平視的時候，他根本不需要仰頭看她了。不是她變矮了，而是他變高了。

雲泰清跟她打著哈哈混了過去，心裡卻想，自己到底變成了什麼模樣？是白麗的藥有問題嗎？難道那些藥還附帶整容作用？他看泰昊那樣子並不像他有什麼外貌上的變化啊？既然他有這麼大的變化，花傑為何什麼也沒說？

雲泰清內心萬分糾結，好不容易找了個藉口跟朱紅悅分道揚鑣，在社區門口警衛室的穿衣鏡裡看了一眼。

哎喲！

他真的長得和原來的張小明不．一．樣．了！

這看起來簡直就像整過容一樣！

不然沒辦法解釋這張臉怎麼會有這麼大的變化！

雲泰清又拿出了手機，手機裡有張小明留下的自拍照。用照片和他自己對比，仔細看起來，面部特徵並沒有太大的不同，即使拿照片一個部位一個部位去比對，甚至疊到一起，都能很明顯地看出來是同一個人。但整體看起來，鏡子裡的他和照片上的人就是有些不同，至於哪裡不同，卻怎麼也說不清楚。

雲泰清看著照片上這張臉，總覺得有點眼熟，又怎麼都想不起來。對著張小明的照片看了好半天，連他自己都覺得自己似乎有病了。

警衛室裡的保全人員也用奇怪的目光盯著這個照鏡子照到走火入魔的人。

雲泰清若無其事地收回手機。這種事情最好還是自己一個人的時候再去琢磨吧。

花傑沒一會就回來了，跟他一起上了計程車。

雲泰清坐在後座，看著花傑不動聲色的樣子，不由得問她：「花傑，妳覺不覺得我和以前有什麼不一樣？」

花傑面無表情地看了看他神情詭異的臉，問：「……您是說哪個以前？我以前沒見過您的。」

「我是說和妳第一次見到我有沒有不同……」

「不好意思，在我眼裡你們人類都長得差不多。」花傑堅定地說。

雲泰清：「……」好吧，這個理由完美。

再看看後視鏡裡頻頻向後看的計程車司機，雲泰清沒敢再開口。

到了城南菁鳳，雲泰清遠遠地看到方躍華和周建成那一對可惡的新人穿得像兩個紅包一樣在迎客，尤其是方躍華，耳朵、脖子、手腕上滿滿的珠光寶氣，在陽光下熠熠生輝、閃瞎人眼。

從計程車裡鑽出來的時候，雲泰清有那麼一瞬間的後悔。早知道他們在迎客，就應該租輛凱迪拉克加長版來耍個帥，但是現在說什麼都晚了，這會再鑽回車裡更丟人吧。

他回身將花傑扶下車，她跳下來，頭上梳著俏皮的小麻花辮，上身緊窄小禮裙，剛好到小腿的裙襬盛開得像朵花一樣。

真是個美女啊……

但不管她怎麼美，不成熟就是不成熟。她要是能變成更成熟的淑女，那多有面子啊！

雲泰清在心中暗暗可惜，拉著花傑的小手向那對姦夫淫婦走去。

他們一開始並沒有注意到雲泰清的存在，一直在與川流不息的客人們各種寒暄。雲泰清的眼睛盯著他們，腳下每踏出一步，都彷彿踏在雲端上，虛浮而不真實——像是一場無法融入其中的夢境。

雲泰清像一個演技絕佳的演員，身體自動自發地走向兩人。他甚至都不太記得自己說了些什麼，只是含含糊糊地扮演客戶身分，滿嘴「你想」「你猜」和「哈哈哈哈哈」，居然真讓他蒙混過去了。

他們倆在看清楚他的臉時有短短的閃神，彷彿見到了一位有點熟悉的陌生人。回神之後，他們似乎明白了他這張臉究竟像誰，緊接著便是明顯地疑惑。但他和花傑這一身也不像專門來混吃混喝的，他們可能有點害怕得罪客人，打了幾聲哈哈之後，便叫迎賓的服務人員帶他進去。

這個新菁鳳的裝修是雲泰清死去之前設計並投入建設的。以優雅清麗為主，桌與桌之間有樹叢掩映，包廂與包廂之間有鵝卵石鋪路，三步一景，五步一池，雖然占用了食客的空間，卻在室內營造出了室外的效果。他死去之前，剛剛完成了外部和大廳的裝修，其他地方都是半成品。

雲泰清繳納了禮金——六百元，挺多的——並收穫了接待人員鄙視的眼神。他裝作沒看見，大大方方地跟著迎賓小姐往裡走。

這裡面的路是專門設計的，曲曲彎彎，沒有直線，於是走得有點遠。拜這路途所賜，他已經聽到好幾撥客人在說「菁鳳的裝修真是漂亮」「多有情調」「曲徑通幽」什麼什麼的。

剛開始聽見的時候雲泰清還有點得意，彷彿聽到有人在誇他一般。但很快就反應過來，這些誇獎跟他根本沒有半點關係，因為他已經死了，自己現在不過是張小明而已。

雲泰清走到標注著「貴賓一」的桌前，那裡已經有幾個人在座了。

一個戴著眼鏡的知性女子、一個挺著肥大肚子的和善胖男、一個長相普通的男業務員，這幾個人打電話的打電話、滑手機的滑手機，彼此之間似乎並不相識。

另外還有一對小情侶，男的一頭油亮的西裝頭，小眼睛、厚嘴唇、黑西裝；女的一頭波浪捲，轉過來的時候一雙小鹿斑比似的眼睛眨啊眨，要不是嘴唇塗得油光閃閃，加上一身低胸小黃裙，只怕還以為她尚未成年。

雲泰清：「……」

等一下——這女人好眼熟！這不就是張小明那個劈腿女友嗎？

小鹿斑比也發現了他的存在，她倒是對他的臉沒有一丁點疑惑，小手往嘴上一放，好像想低呼，卻又忍住了，低頭往她現任男友那裡靠了靠。

雲泰清：「……」

我並沒有想糾纏妳的意思，請不要自作多情好嗎！

雲泰清和花傑找了個距離其他人稍遠的位置坐下來。雖然桌與桌之間有灌木花樹相隔，不太能看清楚周圍桌次坐的是誰，但因為設計得益，這個座位正好能看見典禮臺的位置。

花傑就是個貓性子，即使變成人也不改初衷。她剛坐下就看見桌上炸得焦黃酥脆的小黃魚，立刻伸了爪子要往自己碗裡撥。

雲泰清拍了她的手一下，低聲說：「注意禮貌！」

同桌的人都還沒動，她這樣很容易招人討厭啊。

雖然她也不在乎就是了。

話說回來，我為什麼要在乎？我不是來踢館的嗎？

花傑的貓眼瞪圓地看著他，一臉委屈：有魚不讓我吃為什麼為什麼為什麼為什麼麼麼麼麼……

胖男見他倆大眼瞪小眼，趕緊從中斡旋：「那什麼，孩子還小嘛！這位帥哥，這小美女是你的……？」

其實他挺想掀桌的，但那胖男一副老實樣，讓他沒法動手，只得說：「這是我姪女。」

「啊，是姪女啊，你這姪女真漂亮！我們本來就是來吃飯的，孩子餓了嘛，就讓人家先吃！難道我們這些大人還能跟孩子計較？來來來！小美女，這一盤魚都是妳的！」

胖男坐在他們對面，費力地站起來，將整盤魚放在了花傑面前。

幽都夜話

那名知性女子一直在打電話，看都沒看他們一眼。

那個普通男人也是一臉善意的微笑，幫腔道：「是啊，孩子嘛，讓她先吃吧。」

花傑看到一整盤子小黃魚都歸了自己，滿臉的委屈頓時行雲流水般化作滿面笑靨，對著對面那兩位叔叔長叔叔短地叫起來。當然，她也沒有委屈了自己的口腹之欲，一邊叫著叔叔好，一邊以驚人的速度一口一條將魚往嘴裡塞。

雲泰清默默地在心裡翻白眼。怎麼就沒根魚刺扎到她呢？

小鹿斑比一直在看著「張小明」，卻發現他並沒有在看自己，他的注意力都在身邊的小女孩身上。她咬著豔紅的嘴唇，露出悲傷的表情，彷彿在控訴他的冷酷無情。

雲泰清：「……」這女人自己演得高興就好，他才不想管她！

小鹿斑比看了他半天，發現雲泰清壓根就沒理會她，於是又擺出一臉更加傷心欲絕的表情。

桌上反光的裝飾花瓶上映照著她精湛的演技，雲泰清真想為她點個大大的讚，並大力推薦她去演偶像劇的女主角。

他心想：這女人不會真的有毛病吧？

過了一會，迎賓小姐又送來兩撥客人。

一撥是兩個年輕的女孩子，一坐下就嘰嘰喳喳地說起各種八卦，從今天穿的衣服到國外時尚圈，談話內容上天入地什麼都有。

另一撥只有一個人，是這桌子上唯一穿著正式西裝的中年男人，往座位一坐，姿勢端端正正，一身高官的氣質。

當他坐下望向雲泰清的時候，他對雲泰清禮貌地笑了一下。

雲泰清也朝對方禮貌一笑。

這一桌，除了各自帶來的同伴之外，竟沒有一個互相認識。

時間很快到了典禮即將開始的時候。

雜亂的會場裡，喧譁的聲音並不算太大，他們甚至能聽到幕後的工作人員和司儀跑來跑去，壓低聲音喊著「麥克風」「電線」「音樂」什麼什麼的。

音響裡放出輕柔的情歌。

雲泰清的計畫是這樣的：在婚禮高潮之時，那兩人即將交換戒指之前，他跳上臺去，在所有賓客面前聲淚俱下地揭發他們的惡行，說出他們當時謀殺他的種種。

這計畫堪稱完美。

這是他昨晚的想法。

但在小鹿斑比單方面自導自演一齣狗血偶像劇後，卻讓他的熱血冷卻下來，發現了這個計畫的愚蠢之處。

不管他說得多麼慷慨激昂，也沒辦法讓別人相信他。

畢竟，誰會相信一個來路不明的陌生人呢？

輕柔的情歌變成了變奏版的婚禮進行曲，所有的光線都集中到了典禮臺上，周建成站在燈光下，身後鮮花圍繞，帥氣而高大的身影讓同桌兩個年輕女孩嘰嘰喳喳地討論不停。

司儀開始使用無比煽情的語氣，介紹著他們在雲泰清死去後才開始的真摯愛情，彷彿將他這個前主角結結實實地踩在腳下，踩成一片模模糊糊的陰影。

如此欲蓋彌彰。

如果雲泰清沒有復生，只怕都要氣得從棺材裡坐起來。

可惜他活過來了，他總會讓他們後悔的。

典禮臺前有一條筆直的道路，用拱花門做成一條花廊。當新娘從花廊走過時，觀眾能清楚地看到她窈窕的身影。方躍華穿著火紅婚紗，隨著音樂踏上花廊，後方跟著兩位可愛的小花童，優雅而緩慢地走向周建成。

雲泰清看著方躍華，總覺得她有什麼地方不對勁。

方躍華很美。他知道的。

她有一雙貓兒一樣的眼睛，鼻梁挺翹，紅唇小巧。她一向不喜歡那些沉重的首飾，最喜歡穿著寬鬆柔軟的居家服，像貓一樣趴在他的腿上看書……

那樣靜謐舒適的時光，像肥皂泡沫一樣砰然碎裂。

對了，她並不喜歡首飾。學生時代，他曾經送過她一條金鍊子，她隨手就搞丟了。他們談戀愛多年，從來沒見過她戴首飾，頂多是出席重要宴會時戴著設計簡單大方的戒指與項鍊。

但是今天，她就像個金飾代言人一樣，戴著金髮夾、金花簪、金耳環、金手釧、金腰帶，胸前還垂掛著一條巨大而繁複的金項鍊，金色流蘇從頸項鋪灑到胸前。

那兩個女孩依舊嘰嘰喳喳：「今天方老闆穿得好奇怪啊。」

「就是啊，怎麼戴這麼多首飾？她平時不是這樣的啊。」

「妳看那些首飾到底有多重？」

「有沒有三公斤啊？哈哈哈哈……」

「話說回來……」她跟友人咬了咬耳朵。

另一個女孩猛點頭。然後她們兩個眼睛閃亮亮地望向雲泰清……身邊的花傑。

她們的目光有如實質，讓雲泰清忍不住也跟著看了看花傑，然後又分出思緒去看方躍華，之後突然又望向了花傑。

不知是他的錯覺，他總覺得方躍華和花傑有些地方看起來十分相似……

花傑是一隻貓。

而方躍華從以前開始，總是有人說她有一點貓的氣質。

想到此處，雲泰清心裡一驚，突然想起了泰昊對他說的那句話——

「尤其是像貓的女人。」

——尤其不能接近像貓的女人。

泰昊是什麼意思？除了花傑之外，所有像貓的女人都有危險？泰昊知道方躍華殺他的事情？他到底知道什麼？為什麼不直接點名方躍華，而是說「像貓的女人」？

那兩個女孩說完話，看著雲泰清陷入沉思，便意味深長地看了花傑一眼。

花傑幾不可見地對她們點了點頭。

雲泰清從自己的思緒中醒來，這時突然注意到，前門和後門都被關上了。

菁鳳的大廳是環形的，外側是包廂，所以大廳的照明全靠燈光。這時候大部分的燈光都照在了典禮臺上，以至於賓客席上一片昏暗。今天陽光正好，前門正好有陽光射入，方躍華踩著花廊走來的時候，身後正披著正午的陽光。

可是這個時候，前門的陽光已經消失無蹤，連應該透出門縫的一絲光線也不見蹤影，整個大廳只有典禮臺是亮的，其他地方顯得非常昏暗。

方躍華和周建成在司儀煽情的言語中，執手相看淚眼，彷彿他們走過了漫長的歲月，只為這一刻的相守。

雲泰清實在不想這個時候跳出去，不知為什麼，總覺得任何時候跳出去都會讓他顯得十分愚蠢。但他又不想聽，他們的愛情、他們的相守、他們的艱難、他們的眼淚——就好像他是他們前進路上的石子，不小心硌到了他們的腳，而他們把他一腳踢開後，最終獲得了幸福。

雲泰清站了起來。

燈光昏暗，椅子在地板上刮出「吱」的一聲。同桌的人望向他，尤其那兩個八卦女孩目光灼灼，彷彿就等著他衝上去爭搶新娘。

花傑拉了他一下。

雲泰清說：「我去上廁所。」

其他人露出心領神會的表情，又轉頭去看那催淚的表演。

雲泰清向廁所走去。這裡的裝潢布局是他設計的，雖然燈光昏暗，不過順著發光的鵝卵石小路他就能順利找到地方。

剛走了幾步，一回頭，花傑無聲無息地跟在他後面。

雲泰清：「……我什麼都不會做的。」

花傑呵呵了一聲：「我也要上廁所。」

雲泰清：「……妳他媽十天沒喝一口水沒吃半根毛，告訴我妳打算上什麼廁所？話說妳就是不想吃我給妳的東西對吧？」

花傑說：「你期待了這麼久，準備了這麼久，咬牙切齒了這麼久，終於冒著被趕出去的危險混進這場婚禮，難道就為了繳六百塊錢吃大餐？」

這理由充分得完全無法反駁……

雲泰清無可奈何地進了廁所，花傑本來還想跟進去，幸虧這高級餐廳的廁所門口也安排了服務生，微笑著把她攔住了，向她指著另外一邊女廁所的位置。

花傑當然不是來上廁所的，所以只得眼巴巴地蹲在門口等他。

雲泰清在廁所裡磨蹭了好一會，終於等到典禮結束，大家已經吃喝了起來。他走出廁所的時候，正看見花傑對著桌上的魚塊流口水。

他頓了一下，走到她身邊。

「我給妳的東西，妳都不吃。但是剛才那個客人給妳魚的時候，妳就吃了，為什麼？」

花傑笑了一下，「主子說了，只要是您給的東西，統統不能吃。」

好吧……這是怕他又賄賂她呢。

雲泰清說：「那以後我讓別人買東西給妳吃吧。」

花傑說：「我不會吃的。」她笑看著他，想要狠狠說出「主子不想您喜歡我」，卻又將話吞了回去。

雲泰清嘆道：「妳就一定要這樣是吧？」

花傑突然站了起來，指著從典禮臺上走下來的方躍華說：「她好像正往這邊走呢。」

一般典禮結束後，新娘會換一身裝束，再來向客人敬酒。

他看著方躍華走下了典禮臺，正往一旁的包廂走去。那個包廂十分豪華，裡外分成兩間，比較適合換衣服，但沒有門鎖。方躍華進門前對身邊的伴娘說了兩句，兩位伴娘點點頭，站在門口幫她把風。

雲泰清看著那兩位伴娘身後包廂，心裡有些想法。他想去見方躍華，他想知道她究竟是怎麼想的，他想知道他的死究竟是怎麼回事，他想知道她為什麼要動手殺他……他想知道全部的真相，然後狠狠甩幾巴掌在她的臉上。

但是首先，他得把門口的伴娘弄走。

拜這廳中無處不在的熱帶叢林所賜，只要有人把那兩個伴娘弄走，他就能神不知鬼不覺地混進去。

就在他考慮對策之時，老天也來幫他了。

其中一位伴娘扭動了一下身體，臉上露出了不適的神色，有點尷尬地趴在另外一位伴娘耳邊說了幾句話。另外那位伴娘笑起來，揮手讓她趕緊去，她便轉身向廁所跑去，經過他們身邊時，還朝他禮貌地笑了一下。

剩下的那位伴娘低頭開始滑手機。

雲泰清推了花傑一下，在她耳邊說了句話。

花傑瞪圓了貓眼，說：「太卑鄙了吧。」

「少廢話！」他拍了她腦袋一下，「快去。」

花傑嘴裡說著卑鄙，動作卻是一點不慢。她蹦蹦跳跳地走到服務生身邊，用天真可愛的笑臉瞬間俘獲了服務生的少女心，她說了幾句話，服務生二話不說倒了一杯可樂給她。

她拿著可樂走向那位滑手機的伴娘身邊，腳下彷彿突然被什麼東西絆倒了一般，一杯黑色飲料全倒在了粉紅色的裙子上。

那伴娘嚇了一跳，繼而大怒，張嘴就要訓斥她。花傑立刻再次發動小蘿莉的美貌加上泫然欲泣攻擊，伴娘悻悻地收住了嘴，無助地擦著裙子和大腿上黏乎乎的飲料水漬。

也不知花傑說了什麼，大概是「不要告訴我媽媽」「我幫妳洗衣服」「求求妳了」之類讓人發不出火的求饒。最後花傑指了指廁所的位置，拍胸脯保證在她洗裙子的時間裡自己會看著門，絕對不讓任何人進去打擾新娘。

伴娘有點猶豫，但是那飲料又汙黏又噁心，她終於點了點頭，反覆叮嚀花傑，提著裙子就向廁所跑去。

事不宜遲，雲泰清矮著身子，藉著叢林的掩映，飛速鑽進了包廂的門。

在他的想像中，這個包廂裡應當是設計得富麗堂皇、燈光璀璨，而方躍華應該正在描眉畫眼，打扮她庸俗的容貌。當看見他進來時，她會大驚失色，磕頭求饒。

他無論如何也沒想到會是這樣——

這間包廂保持在他離開之前的裝修狀態。燈光的確璀璨，但裡面除了華麗的壁飾之外，幾乎空無一物！

裝修時他曾在這裡停留過，當時放在包廂裡讓人暫時休息的簡易沙發依然落寞地躺在角落。地面上還算乾淨，並沒有停留在剛剛裝修好的狼藉中。

方躍華的確是驚恐萬分，卻沒有描眉畫眼，而是依然穿著婚禮時的紅衣，站在房間中央，雙手緊緊地交握，表情萬念俱灰，彷彿等待著死神到來。

等她看清楚雲泰清的臉時，發出了一聲短暫的低呼。

「你……你是……」

雖然和他想的不太一樣，總覺得有什麼地方不太對勁，但所有的疑惑都消失在她望向他時驚恐的眼神中。

他實在太滿意她的反應了！

他要的就是她的恐懼與驚惶！

雲泰清向她走了兩步。

她退了兩步。

雲泰清冷冷地笑了起來。

她的額頭上滲出了細細密密的汗水。

雲泰清問：「妳為什麼要殺我？」

方躍華彷彿被某種巨大的東西砸到，驚恐的氣流衝過喉嚨，發出尖利的呼嘯。

「你是誰——？」

雲泰清笑出聲來，施施然向她走去，「我是誰?妳不知道?妳這輩子還殺過幾個人?果然最毒婦人心啊！」

方躍華隨著雲泰清的腳步不斷後退再後退，步伐慌亂，差點踩到自己的裙襬，「我不知道你在說什麼！你馬上給我滾出去！不然我喊人了！」

雲泰清不在乎地說：「妳喊啊，反正我都死過一次了。也不知道新娘的換衣間裡出現了陌生男人，妳怎麼跟其他賓客解釋？」

到了這會，雲泰清已經搞不清自己到底是復仇者還是反派角色了。他覺得自己現在的所作所為都挺討厭的，但這一切都讓他產生了扭曲的快感。

方躍華已經站到了最裡面休息室的門口，那扇門還沒有安裝，空蕩蕩的門框就像一張大嘴，將她的身影籠罩其中。

雲泰清說：「我們認識這麼多年，是我對妳不好嗎？是我的感情不夠深嗎？是我傷害了妳嗎？」他站到了她面前，居高臨下望著她貓兒一樣睜大的恐懼雙眼，「我對妳的性命不感興趣，我只想知道妳為什麼要那麼做。」

這一刻他突然明白，原來多少的恨和報復，都無法抵銷他的不甘。

他根本不是來復仇的，也對他們的未來完全不感興趣，他只是很好奇，為什麼？

沒有無緣無故的愛，也沒有無緣無故的恨。

她和周建成都不是很愛財的人。但不為錢財，難道是為了感情？

這麼多年下來，他從來沒有察覺他們之間的曖昧。如果他們是刻意隱藏，那是為什麼？而最後彷彿又忍無可忍般將他殺死，又是為了什麼？

外面的客人席上突然出現了一聲驚叫，隨即發出了亂哄哄的聲音。

雲泰清聽到了，卻沒有在意，他低頭看著她的表情，不願意錯過一絲一毫的變化。

他看見了恐懼。

他突然想起來什麼不對勁了。

在他進來包廂之前，她已經進來了，但她沒有換衣服，這裡甚至沒有任何相關的服飾。她站在這個空曠房間中，表現出了無限的恐懼。

在他進來之前，她就在恐懼。

她在恐懼什麼？

她在等待什麼？

外面發出了更多的尖叫和慘叫聲，這股聲浪刺穿了他的意識，將他從思考中拉扯了出來。

花傑推門而入，大聲道：「客人受到攻擊！我們快走！」

第八章

Y U T O Y A W A

雲泰清扭頭望向花傑，正想說話，就見花傑臉色一變，他還沒來得及反應，就覺得頸部一陣劇痛。

他猛地回頭，就見一個黑色的、頸長四足短的不明生物從方躍華的背後鑽了出來，尖牙利齒正藉著長長的頸部狠狠咬在他的脖子上。

方躍華動也不動，渾身發抖，背後的生物卻彷彿長在她身上一樣，不曾離開。

雲泰清一時也沒法思考這玩意究竟是她身上長出來的，還是附在她背上的，他一把抓住它長長的脖子，將其狠狠扯斷，帶得方躍華一個趔趄。

被扯斷脖子的怪物依然緊緊咬在他的脖子上，他硬扯了幾下，疼得眼前發黑，但那東西依舊紋絲不動。

花傑飛一樣衝進來，伸出她的貓爪在那怪物的頭上猛拍，左右開弓，十幾次之後，那玩意終於自己掉了下來。

雲泰清被咬中血管，血流如注。他伸手壓住傷口，如注的鮮血變成了涓涓細流，他讓花傑趕緊扯點布料幫他包紮，不然他死定了。

花傑愣了一下，「這身衣服是我的毛！」

雲泰清說：「那就用她的衣服。」

他指向方躍華，卻是一愣。

方躍華剛才被他拉歪了身體，正趴伏在門框上，露出了背部。

她的背上正趴著好幾隻怪物，最大的那隻已經沒了頭，其他的雖然還小，但正以肉眼可見的速度長大。

花傑衝上去，用她的貓爪在方躍華背上一陣猛拍。那些東西尖叫著想要咬她，卻只能徒勞地張開長滿畸形細牙的嘴，最後硬是被花傑拍得掉了下來。

花傑迅速地抓起怪物，啪啪幾聲，扯成碎段。那些怪物剛開始還發出尖叫，到後面只能悶不吭聲地被撕成了碎片。

那些東西並沒有如他想像的那樣流出黏稠的噁心液體，而是像一塊被包裹起來的黑暗，一旦外皮被扯開，就消失得無影無蹤。

花傑撿起被拍下來的怪物腦袋，趁著它們還沒消失，迅速裝進隨身的小腰包。雲泰清猜那是類似於「須彌芥子」的空間袋，從外面看起來只能裝幾塊糖的樣子，卻是裝了幾個拳頭大的怪物腦袋也沒變形。

雲泰清問：「妳幹嘛救她？」

花傑看他一眼，沒說話。

好吧。

「這些都是什麼玩意？」他又問。

花傑說：「這是攝魂怪。」

雲泰清：「……」

他說：「我沒聽清楚，妳再說一遍？」

花傑果然又說了一遍。

雲泰清差點笑出聲來，說：「妳不想說就別說，還攝魂怪。妳是不是小說看多了啊？這種時候就別鬧了好嗎？」

花傑不耐煩地說：「誰跟您鬧！這是人造怪物，製造者為它們取的名字就是攝魂怪！現在外面都是這種玩意，我勸您趕緊跟我走，一會被它們圍攻，連我也沒什麼辦法！」

她不由分說拉著雲泰清往外走。

雲泰清說：「你們不是有什麼躍洞嗎？直接跳出去不就好了？」他的脖子還在嘩嘩流血，一隻手按著也按不住流逝的溫熱，再不包紮說不定就要流血而死了！

花傑卻什麼也沒說，一手拉他，一手拉門，剛將門拉出一條縫隙，就見無數細長的怪物腦袋伸了進來，衝著他們尖叫。

雲泰清和花傑果斷將門猛地一推，那些怪物卻沒有變成一堆斷裂腦袋，而是在縫隙中驟然消失，沒留下一點痕跡。

之前說過，這扇門並沒有鎖，而且內外皆可打開。但是在他們關上門後，那些怪物卻沒有擠開門衝進來，將他們啃食乾淨。他們在這裡面能聽見外面賓客的慘叫聲以及怪物的嘶叫。

然而，卻沒有任何賓客衝進來。

身後傳來聲響，雲泰清回頭看去，方躍華正呻吟著從地上爬起來，她裸露的背上光滑如初，彷彿剛才那些怪物的出現不過是他的想像。難道那些怪物根本就不吃女人，否則怎麼解釋剛才對他毫不留情地攻擊，而她卻毫髮無傷？

花傑沒有回頭，只是緊張地嘟嘟囔囔，也不知道是在跟他說話，還是在自言自語。

「躍洞不行，空間關閉了！聯繫失敗！浮游、浮游，不行，本地的浮游都聯繫不上！不不不，一定有辦法，一定有辦法的，主子不會只讓我一個人！不會只有我一個……」

方躍華的動作很慢，但終究坐了起來，看著雲泰清，臉上露出了複雜的表情。

花傑轉身跳起來，向裡間休息室奔去。那裡面有窗戶，大概是希望能從那裡逃走。

但雲泰清和方躍華都知道那是不可能的。

為了不讓客人脫逃欠款，所有的窗戶上都有防盜網，最堅固的那一種，還帶雕花呢。

方躍華動了動，似乎不太確定自己應該怎麼做，最後只是輕輕地問道：「需要我幫忙嗎？」

他看著她，沒說話。

她主動掀起裙子下襬，又是牙咬又是撕扯，將內襯撕下一條，向他走過來。

雲泰清戒備地看著她。他傷到的可是頸部，這麼要命的地方，她只要一個使勁，他就直接魂歸天外了。他是不在乎死，但他不可以第二次死在這個毒婦手中。

方躍華抿了抿唇，說：「你死了都能活過來，再死一次也不過是再活過來一次吧。」

雲泰清想想也有道理。雖然原因不是很清楚，但對他而言，死亡並不是終點。真正終點是什麼，他從來沒想過。但他有種預感，他很快就會知道了。

雲泰清鬆開手，緊盯著方躍華的動作，只要她一有不對，就一拳砸在她的臉上。但方躍華並沒有趁人之危，而是老老實實地幫他包紮完畢，又縮到一邊。

花傑找了半天的出路，不出意料，完全沒有找到，又折了回來。

她看了雲泰清包紮好的傷口一眼，露出嫌棄的表情，他覺得她應該不是在嫌棄包紮水準差勁，而是嫌棄他還沒開始戰鬥就已然撲街。

她望向方躍華，問：「妳為什麼要戴這麼多金首飾？」

方躍華驚了一下，說：「今天是我的婚禮……」

花傑說：「我聽見了，妳不愛戴首飾，妳也不喜歡這些金子，但是妳今天戴得跟首飾店的展示人偶一樣，為什麼？」

方躍華的眼神閃爍了一下，雲泰清知道她有所隱瞞，但她依然裝作什麼也不知道的樣子，硬著頭皮說：「我不知道妳在說什麼，這是我的婚禮，打扮得富貴一些也沒錯吧。」

雲泰清說：「別跟她廢話，把她身上的首飾全部拿掉，把她扔到門外去。」

花傑毫不猶豫地執行了他的命令，爪子一揮，扯掉了她身上大半金飾，再撓了幾下將剩下的金飾也都拆了下來，在方躍華的尖叫聲中，抓起她的後頸往門外拖。

花傑的外表像一個年輕的少女，平時看著嬌憨可愛，但戰鬥力十分可觀。看她拖著方躍華的手勁，就算把方躍華拎得雙腳離地也不是難事。

方躍華根本毫無抵抗能力，被強行拖出一段，經過雲泰清時一把抱住了他的腿，苦苦哀求道：「泰清！泰清你不要這樣！我什麼都不知道！你不能這麼對我……」

雲泰清說：「花傑妳沒吃飯啊？」雖然她除了黃魚之外什麼也沒吃。

花傑啪地甩了方躍華一巴掌，讓她鬆了手，然後拖著她繼續往門那裡送，直到臉都貼在門板上，方躍華才崩潰地哭了出來：「我說！我什麼都說！不要把我趕出去！」

雲泰清有點頭暈，後退兩步靠在牆上，說：「長話短說，老子沒空聽妳瞎扯。就從妳為什麼要殺我開始吧。」

方躍華哭得如此狼狽，在她的身上，雲泰清已經看不到那個自己曾經愛過的女人的影子。

「我……我不叫方躍華……我是幻貓阿夢，有人讓我頂替這個叫方躍華的女人來殺你……」

雲泰清的腿瞬間軟了一下，「妳是什麼時候……頂替方躍華的？她現在在哪裡？」

「你對方躍華一見鍾情以後，我就替換了她。我以前不是長這樣的，有人把我的模樣固定成她的臉。真正的方躍華去了哪裡我不知道，你可以去問周建成。想殺你的人，還有帶走方躍華的人，都是直接跟周建成聯繫的。我的任務只是殺了你，然後就可以跟我喜歡的人遠走高飛了。但後來……他們說殺得不對，又逼著我回來完成這場婚禮，我實在沒辦法……」

當她說出她是替換了方躍華時，雲泰清還有一瞬間的僥倖，總覺得那個「真正」的、愛他的那個方躍華一定還在什麼地方等著他。可惜……他果然不是那樣幸運的人。

但是……不對啊……

「妳早就已經潛伏到我身邊了，為什麼直到半年前才來殺我？這中間十年的時間，妳都在幹什麼？」

方躍華——或者說阿夢猶豫了一下，花傑再次做出要將她拖走的動作，她立刻說道：「我只知道殺你要具備很多條件，首先是成為你最愛的人，讓你毫無防備，最後還要讓你清晰地感覺到自己的死亡。我並不知道你什麼時候會『真正』愛上我，所以才拖了幾年。但我實在受不了了！我的愛人也受不了了！我也是沒有辦法……」

他想起周建成打她的那一巴掌，「但就算是這樣，妳還是殺錯了？」

阿夢哭道：「我也不知道為什麼啊！我只是一個連化形都有問題的低級幻貓，為什麼就被拉來做這種事情！你是我殺的第一個人！我是完全按照他們所說的去做！為什麼會錯呢？為什麼呢？我不明白啊！」

她一邊哭，臉上的五官一邊發生詭異的變化，她不再那麼像方躍華，她看起來……就像一隻野獸。

雲泰清摸了摸頸部，覺得自己這一生還真是挺失敗的。一見鍾情的女人被換了都不知道，還把兩個狼心狗肺的妖怪當作摯友，簡直死不足惜。

「那妳身上的金飾又是怎麼回事？」

「他們強迫我回來進行這場婚禮，周建成提醒我，婚禮上會發生一些事情，讓我早做準備。我問要準備什麼，他說金子，為了我的性命著想，越多越好！」

花傑蹲到他旁邊，道：「看來要知道事情的原委，還是要找到周建成才行。」

雲泰清說：「妳把她拖出去。」

花傑二話不說站起來，拖著阿夢往門口。

阿夢淒厲地慘叫起來：「不不不！我都說了！我全都說了！你不能這麼對我！泰清！泰清！」

雲泰清說：「妳確定沒有什麼遺漏？」

「我沒有！我真的沒有！你相信我！」

「我曾經相信了妳很多年。」雲泰清說，「現在，妳來告訴我，既然不是妳，也不是周建成，那麼，到底是誰要殺我？總不能我被殺了，還連凶手是誰都不知道吧。」

阿夢頭髮蓬亂，哭得滿臉眼淚和鼻涕。

「我真的不知道！求求你！我不能說的！我真的不知道！我不能說的！」

雲泰清說：「砍她一隻手。」

花傑毫不猶豫地抓住她的手臂，狠狠一擰，阿夢的左臂發出了令人牙酸的「喀嚓」聲，軟綿綿地擰成了一個奇怪的角度。

阿夢發出了悠長的慘叫，這慘叫讓門外的聲響和怪物的吱喳都變得杳不可聞。

雲泰清微微瞇起眼，忽然發現這個女人竟然連慘叫聲都這麼煩人。

花傑看看雲泰清，「……看什麼？我又沒帶刀，我也沒辦法啊。」

雲泰清懶得解釋，低頭對那女人說：「周建成也是妖怪嗎？他是什麼妖怪？」

阿夢趴在地上，渾身顫抖，汗出如漿，頭髮蓬亂地濕黏在臉龐上，「他是那人身邊的……是我們只能仰望的……我不知道他是什麼妖怪……求求你放過我吧，我真的什麼也不知道……」

雲泰清點了點頭，「好。」

花傑和阿夢都愣住了。

最後還是花傑先反應過來：「喂！您到這裡來不就是為了向她報仇？搞了半天結果就這樣放過她，不是吧？」

雲泰清無可奈何地說：「那妳還想怎樣？她又沒真正殺了我，我也要了她一隻手，一報還一報，很公平。」

花傑撇撇嘴道：「什麼嘛，我還以為您要一條一條卸了她的四肢呢，只要一條就夠了？嗤……」

雲泰清說：「妳把金子都拿起來，留個髮夾給她，其他的都拿走，我看這些東西應該是他們逃出去的重要道具了。」

在花傑收拾金子的時候，雲泰清有點頭暈，搖搖晃晃地走到了包廂自帶的浴室裡，把手和臉上黏膩的血液洗掉，又趴在水龍頭邊喝了點水，這才覺得好些。

就算有泰昊的戒指，似乎也不能失血太多……希望這些水能支撐他活著出去吧。

花傑扒掉那些金首飾的時候，壓根沒想過還能再用的問題，所有首飾殘的殘、斷的斷，搜羅起來有點困難。

雲泰清抓起一把花傑剛剛搜集成堆的碎金，放進自己口袋裡，而花傑挑揀了一條斷掉的金項鍊，掛在自己脖子上打了幾個結，好歹是綁住了。

在花傑即將開門之前，雲泰清問：「妳知道攝魂怪為什麼害怕金子嗎？」

花傑皺眉道：「我不知道。它們是近幾年才出現的，只知道這東西喜歡吃人魂……我們還沒研究出有效的克制方法。」

「等一下！喜歡吃人魂？」

雲泰清話還沒說完，花傑就拉開門，一大群詭異的怪物嘶叫著衝他們撲來。

在那一瞬間，他受黑城調教過的身體終於展現出特訓的結果。他的腦子根本還沒開始思考，身體便本能地後退半步，然後一陣旋風飛踢，這速度、這角度、這動作的精妙程度，連他自己都要驚嘆。流暢而輕靈，精確而穩定，每一個動作都是在腦子意識到之前做出來，好像肌肉也有了意識，能夠預感到應該在什麼時候出手。

說時遲，那時快，不過短短幾秒的時間，圍攻包廂的怪物都已經被他踩死在腳下，在包廂門口迅速清出一條道來。可惜那些東西並沒有像剛才在包廂裡的一樣消失，剩下的屍體就在他眼前紛紛扭曲，最後又長成了新的個體。

「不會吧！還會再生的！」

不過它們再生還需要時間，雲泰清又不是傻子，還等著對方活過來，直接拉著花傑就竄了出去，門在他們身後砰的一聲關閉，將那個曾經擾亂他內心的身影隔絕在裡面。

雲泰清回身瞥了一眼。

從現在開始，方躍華此人在他心中已然死去，再也不會干擾到他的心情、他的思想。

大廳之中已是一片大亂。

那種怪物如同蝗蟲一般滿天亂飛，賓客們四處逃竄，燈光早已失去了富麗堂皇的璀璨，碎的碎、裂的裂，只剩下殘破的幾道光線冷冷清清地晃著。耳邊怪物的嘶叫聲、物品的破碎聲、人群的慘叫聲混成一片，恍如人間地獄。

雲泰清一進入大廳就看到一隻怪物叼起了一個人，轉瞬間一群怪物都衝了上去，所有的利齒都緊緊地咬在那個人的身上。

奇怪的是，那個人並沒有出血，而是發出了震人心魂的慘叫，然後便被五馬分屍——不，那人的身體還是完整的，但他確確實實看到了，散發著淡藍色螢光的魂魄被硬生生地扯出身體，被那些怪物四分五裂，轉眼吞入腹中！

雲泰清拉著花傑鑽進了距離他們最近的服務臺下面的空隙裡，結果很不幸的，一鑽進去就看到張小明的那個小鹿女友，還有她的現男友。

簡直是冤家路窄啊！

他們四個人大眼瞪小眼，那個現男友卻好像被嚇破了膽，壓根沒有英雄救美的心情，連小鹿女友也推得遠遠的，自己躲在最深處的角落，嘟嘟囔囔地不知道在說些什麼。

那小鹿女友身上都是被抓傷劃傷的痕跡，不過並不是特別嚴重，一看到雲泰清來了，立刻用常人不可企及的速度飛撲過來，好險沒把雲泰清從避難所撞出去。

「妳幹什麼呀！」花傑推著她的臉試圖把她推開，她卻跟口香糖一樣緊緊地黏在雲泰清身上。

「小明！小明！是我錯了！你不要趕我走！我現在才發現，我那麼愛你，愛到我心都痛了……」

雲泰清本能地看了現男友一眼，對方並沒有要衝過來打他的樣子，微微地鬆了一口氣。

他推開了小鹿斑比，稍微用了點力氣，將她推到現男友的身邊去。

「妳老老實實地待在那裡，別礙事，聽見了沒有？否則我就不客氣了。」

小鹿斑比被他這麼一推也傻了，一時間不知道該擺出「被拋棄」還是「至死不渝」的表情才好，只能愣愣地點點頭。

雲泰清沒空理她，低聲問花傑：「如果我們用金子來對它們進行反擊，會不會威力更大一點？」

花傑說：「我也不知道呀！試試看吧。」

然後他們兩個將金項鍊和金戒指在手指上纏了幾圈，跳出櫃檯，向那些怪物攻去。

三十秒後，他們兩個又飛撲回來，連滾帶爬狼狽地鑽回櫃檯裡。

花傑的小屁股後面還咬著一隻小怪物。

雲泰清用手指上的金子使勁敲了敲，但根本毫無用處！不過大概是花傑身上戴著金飾的緣故，並沒有被它扯出魂魄來。他努力了幾分鐘發現不管用，反倒是花傑疼得直撓他的臉，他只能放手讓她自己用貓爪去拍，拍了一會，那東西終於掉了。

她恨恨地抓起那隻怪物，整隻扯得粉碎，連腦袋也沒留下。

雲泰清說：「可見金子只能防止魂魄被拉扯出去，對那些東西本身沒有一點傷害……這些玩意究竟怕什麼啊？要是找不到它們的弱點，我們根本出不去！」

躍洞無法使用，花傑也聯繫不到泰昊和他的那些下屬，這大廳裡怪物如蝗蟲一般飛舞，如果他們不想點辦法，到晚上就更麻煩了……

對了，晚上……

現在是中午啊！

他們為什麼要關門？為什麼要選擇這個大廳？那些怪物為什麼不願意撞開那扇房門？

剛才在離開那間包廂的時候，雲泰清回身瞥了一眼，似乎看到一個死掉的怪物腦袋正在消失？他看得不是很清楚，畢竟只有半秒的時間。現在想想，在包廂裡被扯斷的怪物，身體都逐漸消失，可是剛剛從花傑屁股上抓下來的那隻小怪物，被扯碎了之後，剩下的碎片依然微微抽搐著，被他們嫌惡心丟了出去。

這裡和那間包廂有什麼不同呢？為什麼在那間包廂裡那怪物會消失，在這裡卻不會呢？

那間包廂裡有什麼？

那間包廂裡有窗戶。

窗戶外，有正午的陽光！

他想起來了，之前方躍華從門口進入，然後門被關上，門外的陽光被整個遮蔽，婚禮現場見不到一絲透隙而過的自然光。

他把自己的猜測跟花傑說了，花傑點頭道：「您猜得不錯，那些東西只是人造魂魄，我們認為它們可能是為了不輕易散逸，才有外面那層怪物的皮包裹著。正常的魂魄在陽光無法自由行動，如果這些魂魄有缺陷的話，那麼那層皮的包裹只怕是為了保護它們不被陽光殺死吧。如果我們把它們的外皮撕碎，暴露在陽光下，它們很可能就會自己消失。」

雲泰清：「……妳滿嘴的認為、可能、如果、只怕……」

花傑很不高興道：「這些東西是新生的事物，都跟您說了我們還沒研究清楚呢。」

他趕緊乘勝追擊問道：「泰昊究竟是幹什麼的？怎麼這種東西也歸你們研究？」

花傑瞪了他五秒鐘，喵的叫了一聲。

雲泰清：「……」

肥貓從地上跳起來，氣急敗壞地在他臉上撓了一把，「您非得這時逼我變回原形是不是！」

雲泰清冤枉啊！他怎麼知道她被下了暗示，意欲洩露某些事情就會化回原形！他一直以為她只是為了轉移他的注意力而賣萌呢！

他按住暴怒的貓，低頭跟牠把他的想法說了。

菁鳳是他設計的，當時為了順應潮流，將拱頂做成了可開合式穹頂，需要時打開開關，頂部會自動開啟，露出玻璃穹頂。這個季節，正午的陽光正好會從頭頂灑下。

那麼，現在還有另外一個問題——那些東西並不怕陽光，它們害怕的是在陽光下被撕碎。即便他想辦法打開了遮蔽物，也要有辦法扯碎它們才行，可這些怪物的數量……

雲泰清趴在櫃檯上看了一眼，蝗蟲一般的怪物鋪天蓋地，恍若地獄。

他的確可以將它們全部炸掉，但前提是，婚禮現場的人必須全部離開。

說來說去，還是要打開大門。

花傑對他的想法頗有異議，最主要的一點，就是這個方式十分不安全。

「我只管您，只要您安全，其他人都和我無關！」牠不耐地說，「我們想辦法打開大門逃走！別管那亂七八糟的。等我們出去以後，再叫浮游來解決問題，他們才是專業的，您可別白白搭進自己的命。」

雲泰清說：「穹頂的開關就在進門右手的那間監控室裡，控制按鈕有很多，只有我知道開關是哪個。如果我不去開，你們後面來的人只怕還要費一番功夫呢。」

「那不關您的事——少爺！」花傑一聲尖叫。

雲泰清這個人，說好聽是有主見，說不好聽是自我意識強，聽不得別人的意見。他懶得跟一隻貓解釋他的想法，直接就跳出了櫃檯。

一出櫃檯，那些東西就好像突然注意到了他的存在，鋪天蓋地朝他衝來。他使出了全身的力氣，將拳法和腿法使得密不透風，那些東西就在他的拳風和腿風之下，吱吱叫著被打了出去。

服務臺在大廳的最內側，距離大門很遠很遠，他一邊拳打腳踢、一邊前進，用了大約十幾分鐘的時間，以為自己總該走了很遠吧，事實上不過走了十幾公尺的距離。可他現在已經累得半死了，接下來的十幾公尺根本就不可能堅持得下去。

就在雲泰清幾乎無法抬起手的時候，旁邊的桌子下面突然跳出了一個人，一把抓住他，將他推到身後，抬手就是一套槍法。

那人手中的長槍比他自己的身高還要高，槍身墨黑，槍頭銀白，揮舞起來恍若寒星，槍身擊打著空氣，發出了凌厲的風聲。

長槍可比雲泰清赤手空拳厲害多了，幾乎只是幾個回合，那一團潑水不入的寒光就將那些怪物撕扯成了碎片，在他們面前清出了一片怪物的真空地帶。

雲泰清瞪著那把長槍，心說：費了那麼多力氣，這兄弟幾槍就解決了！那我辛苦半天是為了什麼啊？

那人轉過身來，雲泰清一看，哦，是剛才在宴席上有過一面之緣、唯一穿著正式的西裝的中年男人，手裡……拿著……長槍……

這個畫風完全不協調好嗎！常山趙子龍穿著西裝大戰長坂坡，這種設定誰能接受得了啊！

那人見他發愣，急急地扯了他一把，「少爺！快走啊！」

雲泰清回了神，撒腿就往監控室跑。那個人則跟在他的身後，一把長槍揮舞得密不透風，將追上來的東西統統撕碎。

雲泰清不清楚對方是什麼來歷，不過當他觸碰到他的一瞬間，他突然感應到了什麼東西。

這感覺很玄妙，十分細微，類似於細線無意間的接續，就像灰塵接觸到皮膚的微癢，但他曾經感覺過，所以立刻明白了過來。

白麗和黑城第一次接觸到他的時候，他幾乎是沒有感覺的；白玲他們四人消失前接觸到他的時候，他能感覺到，不過太輕微，被他忽略了；後來的黑鷲，他就有點感應了，不過當時還不太能確定。

現在，他確定了。

這個人是泰昊的下屬。因為和他接觸，又把泰昊的連接給代替了！

有了西裝男的幫忙，雲泰清只用了很短的時間就跑到了監控室門口。當然，門被鎖住了。

看門鎖著，他一腳踹了上去。

雲泰清的本意是想把門踹開，可他沒想到只一腳，那扇門竟直接四分五裂。他愣了一下，思考了一秒鐘他當時買的門是不是豆腐渣工程，下一瞬間就把這件事丟到了腦後。

他進了監控室，這裡果然和他猜想的一樣，根本就沒有裝修，各種亂線依然如他離去時那般隨意擺放，監控機器什麼的根本沒有！

所幸穹頂的開關是剛開始建設菁鳳的時候就已經做好的，而且為了安全起見，使用了雙線供電，就算有人切斷了正常電源，應急電源也能控制。他在牆上一大堆的電路開關裡找了一會，終於找到了穹頂的開關，一指按下。

整個菁鳳發出了巨大的嗡嗡聲，地板輕微振動。被他踹爛的監控室門扉外頭，那黑漆漆的大廳裡突然洩漏了一指天光，然後逐漸地變成了鋪天蓋地的光柱。

那些被他們撕碎打傷的怪物們發出了吱吱尖叫，在口光下化作飛灰逐漸消失無蹤。而其他那些還活著的怪物也都發出了慘叫，忙不迭地往陰影裡藏。可見這直射的陽光確實讓它們不舒服，不過並不能對未受傷的個體造成實質傷害。

雲泰清鬆了口氣。

他蹲下身子，在牆角邊的工具櫃裡翻找了一下，找到了一把手臂長的木柄尖頭錘。他拿著錘子，在穹頂開關上狠狠地砸了三次，直到開關變形斷裂，整個嵌進牆壁裡為止。這下子再也沒人能把穹頂關閉了。

幹完這些事，雲泰清並沒扔掉那把尖頭錘，拎著凶器站在門口左右看了看。那位西裝長槍先生在雲泰清找按鈕的時候一直在門口守著，一夫當關，萬夫莫開。可等他敲完開關後，那人就走開了，也不知道去做什麼了。

那個曾經裝修豪華的大廳一片狼藉，桌子椅子翻的翻、倒的倒，地面上菜品、玻璃渣到處都是，甚至還有橫七豎八、死狀淒慘的屍體。

雲泰清正想讓那些倖存的客人趕緊出來，卻聽身後砰砰作響。他回頭一看，原來是那位西裝長槍先生，正用他的長槍使勁地砸門。

呵呵，那看起來是歐式木門，實際上是合金澆築、一體成型的防盜門，畢竟菁鳳這裡一盞水晶琉璃大吊燈就價值數十萬！丟不起東西啊！

雲泰清問：「這不是有開關嗎？」

西裝長槍先生讓開位置，讓他看了看。

開關部分已經被人焊接封住了。

這是要置他們於死地啊。

就在這個時候，雲泰清聽到身後有人大喊：「雲泰清！」

他回頭看去。

在洩漏的天光之下，在一片狼藉之中，一群人站在典禮臺上，因為人太多，以至於臺上那個可憐的鮮花拱門歪歪倒倒，殘花敗柳般傾斜一旁，彷彿下一刻就會倒下。

大部分的人他並不認識，個別看起來有點眼熟，比如曾經與他同桌的那幾位——那個給花傑黃魚的和善胖子、那個一直打電話的知性女子、那兩個話很多的女孩，甚至還有那個小鹿斑比的現男友。

不過雲泰清想，那些人應該不是這場災禍的主謀，因為他們身上都趴著幾隻攝魂怪，每個人僵硬地站在那裡，連根手指頭都不敢動彈。

最前方的是周建成，他已經脫掉那身新郎官衣服，只穿著一身白色襯衫，就像他剛認識他那時一樣年輕而英挺，沒有絲毫變化。

周建成左右各站了一個人，就是普通人的打扮，陷在人海中根本找不出來的那種。那兩個人手中各捏著一個人的咽喉，一個是單臂軟垂的「方躍華」，一個是一臉懵然的小鹿，她們兩個手軟腳軟，幾乎是靠著捏住她們咽喉的手臂才能站穩。

「雲泰清。」周建成又叫了他一聲，「真是好久不見了。你還是一點都沒變。」

雲泰清呵呵笑了幾聲，「哪裡哪裡，你才是一點都沒變。」

對啊，他們相識十年，雲泰清的臉在證件照中一年一年地蒼老，周建成和方躍華卻沒有什麼變化。不是變化得慢，而是一點變化都沒有。在此之前，他居然從來沒有注意過這一點，真是死得不冤啊。

「你還真是不好找呢。」周建成感嘆，點了一下「方躍華」的腦袋，「都怪這隻蠢幻貓，否則我怎麼會這麼簡單就沒了你的行蹤！花了這麼長時間，費了這麼大的勁，居然沒人查得出你去了哪裡，還真是讓人驚訝呢。」

雲泰清笑道：「原來你們一直在找我啊？那還真是不好意思，我足足有三個月的時間都跟在你們這對姦夫淫婦旁邊，你都不知道我有多努力想跟你們聯繫呢！可惜啊可惜，真是太可惜了……」

周建成的表情變了一下，「你有三個月都跟在我們身邊？不可能！我們根本就沒有看到——」

雲泰清微微地笑著。

在倀虎事件時他就知道，妖怪是可以看得見鬼魂的。剛才「方躍華」也承認了，她是幻貓阿夢，而周建成的身分比她更高，即便不是妖怪，也該是什麼別的東西，至少在「能看到魂魄」這方面，應該不會有差錯。

但是，在他死去的那天晚上，他們並沒有看見他，甚至他在他們二人跟前大喊大叫，他們仍毫無所覺。

果然，他的魂魄被泰昊做了手腳，不只是去不了地府，只怕根本沒有什麼東西能看見他。

怪不得他死後很久都沒有地府人員找上門。原來不是他們工作不力，更不是他躲過了他們的搜尋，而是誰也找不到他罷了。

他身後的砸門聲也消失了，那個穿西裝的長槍好漢走到他身前，舞了個漂亮的槍花，將他牢牢擋住。

「誰敢動他！」那人喝道。

雲泰清撓了撓頭，輕輕戳了那人一下，「你別這麼著急當英雄啊……」他有點哭笑不得地說：「我還有話要問他呢，能不能讓一讓……話說，這位好漢，您貴姓？」

那人頭也不回道：「主子說了，我們的任務是保護您，不需要聽您不合理的命令！另外，少爺叫我黑蛇就好。」

黑蛇比他高一個頭，身體也比他寬，站在雲泰清面前把他擋得什麼也看不見。雲泰清左右挪了挪，最後還是把他推開了。

「我就問他們兩句話，讓開讓開！」

這回黑蛇沒說什麼，乖乖挪開了點，長槍卻還是擋在他身前。

「周建成，」雲泰清懶得再跟他耍花槍，單刀直入地問：「你為什麼要殺我？」

他以為不會得到回答，但事實上，他的話剛問出口，周建成便答道：「因為我的主子要殺你。」

雲泰清不得不在心裡吐槽：主子，又是主子！這到底是現代劇還是穿越劇啊！要不要這麼古代風格啊！

「你主子是誰？」雲泰清又問。

周建成笑道：「我現在就是要帶你去見她，只要你跟我走，一切就真相大白了。」

雲泰清翻了個白眼，呵呵冷笑：「你當我傻子啊！你讓我跟你走我就跟你走，怎麼死的都不知道！」

令人難以置信的，周建成居然點了點頭，一副非常贊同的樣子說：「你說得對，我想你也沒那麼傻，所以——」

他打了個響指。

他左右邊的人分別抽出一把雪亮的長刀，架在「方躍華」和小鹿的脖子上。

雲泰清不可思議地問：「你沒事吧？這個妖怪是你的同伙吧，你拿她威脅我？還有那個濃妝豔抹的女人，那是這具身體的前女友，還把他踹了，你確定我會為她們妥協？你的腦袋進水了嗎？」

周建成依然非常贊同地點了點頭，「我想也是。不過這個世界上你的牽絆不多，也不知你用了什麼辦法，我們的人居然抓不到你的父母。所以剩下的這些人，我只能一個一個試驗了。」

他揮了一下左手。

他左手邊的那個人一刀砍下了「方躍華」的頭顱。

「方躍華」失去頭顱的身體噴出一蓬血霧，在原地晃了幾下，撲通一聲倒在地上。那失去一隻手臂又少了頭顱的身體迅速縮小，以肉眼可見的速度長出長毛，屁股後面也長出了一條長尾。

典禮臺上的圍觀者們發出了幾乎刺破房頂的尖叫，有人的身體動了一下，轉眼間就被身上趴著的那些怪物拽出青藍色的魂魄，毫不留情地扯成碎片。那人從慘叫到毫無聲息只花了幾秒鐘而已。他的下場很完美地成為了一隻儆猴的雞，其他人噤若寒蟬，那些雜亂的聲音立刻消失無蹤。

同樣被長刀架在脖子上的小鹿渾身抖如篩糠，眼影暈得像熊貓的眼睛一般烏黑，連眼淚流下來都是黑色的。她求救般地望著雲泰清，卻因為雪亮長刀的威懾，連一絲聲音也不敢發出來。

雲泰清的背後升起了一絲涼意。

他以為要了「方躍華」一條手臂已經足夠殘忍，但看到眼前的景象他才知道，原來他還是太年輕了。眼前的周建成，和他所認識的那個周建成，根本就是不同的生物。他不知道對方是什麼，但他知道，只要他今天稍稍掉以輕心，他的結局一定不會比「方躍華」好到哪去，甚至比他能想像的還要糟得多。

雲泰清的身體想要後退，但他的意志知道自己不能退，僅僅是身軀還堅定地站在那裡，卻幾乎已然魂飛天外。

「還有一個。」周建成說。

放在小鹿脖子上的長刀稍微挪動了一下，似乎在尋找最好下刀的位置。

第九章

YUTOYAWA

小鹿顫抖地看著雲泰清，烏黑的眼圈中射出乞求的光芒。

「等一下！」雲泰清大聲說。

他和眼前的女人沒有什麼關係，甚至張小明和她只怕也沒什麼情誼了，畢竟那封分手信還在張小明家的櫃子裡放著，訴說著這個女人是怎樣地愚蠢和水性楊花——當然，也不是說張小明就好到哪裡去。

但那和他要救她這件事沒有任何關係。

「你能想通，那當然是最好的。過來吧，我們該走了。」

周建成向他招了招手，就像那十年間的每一次一樣，叫他去吃飯，叫他去喝酒，叫他去打架，叫他去幫忙……

他剛剛斬了一個人的頭，甚至連表情都沒有變一下。

雲泰清的身體稍微動了動，黑蛇立刻攔住他，急道：「少爺！您不能去！」

雲泰清看了他一眼，努力用眼神向他傳達自己當然沒有想去的意願！他不是聖母，沒想過為了別人大義凜然地奉獻自己的生命，但他也不想看到另一個人因他而被斬首。生命這種東西，不需要再加上別人，只是背負自己的就夠沉重了，更何況他如今已是步履維艱。

一定有什麼辦法，能保住那個腦殘小鹿，還有他們身後那些無辜的人。

好好想想。

好好想想。

一定有辦法的。

好好想想。

雲泰清的視線在狼藉的會場上轉了一圈，最後停留在一個地方，又收了回來。

他問黑蛇：「你有刀嗎？」

黑蛇從後腰抽出一把刀，不長，只有他的上臂長短。

雲泰清揮刀活動了一下手腕，轉而指向自己的脖頸，道：「你是知道的，只要我一死，你們就再也找不到我了。你覺得是逼死我划算呢，還是下次再說比較好？」

可惜，周建成連眉頭都沒皺一下。

他抬了一下手。

不知何處傳來誦念咒語的聲音，雲泰清眼睜睜地看著他親自監督修建的牆壁上次第浮現出大片大片墨色的咒文，一片片地閃出光暈，又一片片地隱去。

周建成說：「很久以前我們就知道，你的魂魄性質特殊。我們花了很多年，一直在研究你的靈魂，想要研究出固定你魂魄的辦法。這十年的相處，終於讓我們找出了專門針對你的定魂大咒。可惜阿夢那隻蠢幻貓根本就沒搞清楚我的意思，在一切都還沒準備好的時候就讓你的魂魄逃脫。不過沒關係，現在你還是回到我們手裡，如果你想死，現在就可以試試，看看這個定魂大咒究竟有沒有用。」

哦——雲泰清感嘆，我就知道。

從看到「方躍華」孤零零地站在未裝修的房間裡時他就知道，這場婚宴果然是陷阱。

他們費了這麼大的勁，辛辛苦苦把他引到這裡。只是幾隻用金器就能扛住撕扯魂魄的攝魂怪，怎麼可能就是他們的一切後手？他們所圖的，又怎麼會如此簡單。

果然，他只是稍微用了點手段，對方就把一切都交代出來了。

雲泰清慢慢放下了刀，做出一副心死如灰的模樣，將刀還給黑蛇。

黑蛇大驚，也不接刀，只拚命用長槍攔住雲泰清，「少爺！您不能去！他們死了還有『以後』，您一旦出事就不是那麼簡單了！主子——主子他——」

雲泰清用力將刀柄按在他的胸口，盯著他的眼睛，一字一句地說：「她也是生命，不能如此輕忽——我以前都是這麼說的，你還記得嗎？我不會有事的，你相信我！你們一定要相信我！」

雲泰清手指上泰昊的戒指發著微光，貼在黑蛇的身上，他看著黑蛇，目光卻稍稍瞥向另外一個方向，希望這些小動作能讓黑蛇和花傑清楚領會他的意思。

黑蛇的眼神閃了閃，不情不願地收回了長槍，接過了那把長刀。

雲泰清舉起雙手揮了揮，表示他並沒有攜帶任何武器，接著向周建成走去。

周建成站在前方，雲泰清機械地一步一步向他走去，緊緊地盯著他的臉，噠噠的回聲輕輕地震盪著他的耳膜。腦子裡紛紛亂亂，面上他卻異常冷靜，腳下毫不猶豫，走到了周建成面前。

他們對視了幾息的時間，周建成對身邊滿身是血的劊子手抬了一下手，那人立刻送上了一個手銬般的東西。那手銬的質料看起來像水泥，中間的鍊子也是水泥製的環，上面繪製著繁複的花紋，和牆上的符咒有點相似，大概就是周建成說過的「定魂大咒」的縮小版。

「來吧，雲泰清，把這個戴上，我就放其他人走。」

雲泰清慢慢地走過去，手緊緊地捏成拳頭，手心中滿是黏膩的汗水。

「你保證？」

周建成依然笑著說：「我對殺人不感興趣，不過如果你非要逼我，我也沒有辦法。」

雲泰清走到他面前，在距離他不到一公尺的地方，伸出了雙手……

突然，雲泰清大吼了一聲：「殺！」

手心中緊握的彈簧刀啪的一聲彈開，他一刀將其插入了周建成的頸子裡。彈簧刀不長，不過正好從他的脖子橫穿而過。

彈簧刀好像卡在了周建成的脖子裡，一時拔不出來，於是雲泰清鬆開手，回身就是一記迴旋踢，穿著皮鞋的腳狠狠踢在架住小鹿的人的脖子上。那力道大得出乎雲泰清意料，他幾乎聽到了那人頸骨斷裂的聲音。

小鹿被那人帶得一同倒在地上，與此同時，只聽一聲驚天巨響，典禮臺後的牆壁轟然碎裂，濃煙、火焰和氣浪如出籠的野獸噴薄而出，將典禮臺上的人質和他們身上的怪物都打飛了好幾公尺遠。

雲泰清也被氣浪噴到，眼前一花，那股熱浪幾乎燒灼他的臉，身體也不由自主地倒飛了幾公尺，後背狠狠地撞在一張翻倒的桌子上，痛得他縮成了一團。

爆炸不只一波，雲泰清被打飛之後又發生了幾次小型爆炸，各種磚石碎屑從天而降，嗆人的煙霧鋪天蓋地籠罩了所有人。

不過，剛才那一瞬間，那些人身上的怪物都被這場爆炸傷到。不管傷害嚴不嚴重，已打開的穹頂正等著它們，正午的陽光已足夠將那些噁心的玩意化為飛灰。

在磚石中趴了好一陣子，耳邊的轟鳴才逐漸褪去，雲泰清咳嗽著，任由黑蛇將他從一片廢墟中拉了出來。黑蛇也不是完全沒受波及，雖然似乎沒有受什麼重傷，但身上的高級西裝已經髒得不成樣子。

雲泰清呸呸幾聲，將嘴裡的塵土吐出去。他抬頭看看穹頂，又看看剛才被爆炸炸出來的大洞，在心裡估算了一下，很好很好，菁鳳剩下的牆還支撐得住，應該不會整個塌下來。

剛才，就在他跟周建成說話的時候，花傑又化作了女孩的模樣，從大廳和廚房之間的緊急出口露了半個腦袋出來。

他給了她一個眼神。

菁鳳是高級娛樂場所，也要供應餐飲，所以那後面一定儲放了瓦斯桶。只要開了瓦斯再放一把火，就能把首當其衝的典禮臺炸翻。

也不知道是雲泰清和花傑接觸得多，以至於有了更深層次他不瞭解的連結，還是僅僅心有靈犀，他只是看了看典禮臺，稍微用眼神瞟了一下那後面的廚房，花傑就明白了他的意思。

牆壁上的定魂大咒也在爆炸中被炸得缺了一大塊，相信也發揮不出什麼力量了。

雲泰清不是什麼聖人，沒有為了他人犧牲自己的愛好，能做到這地步已是極限，要求更高的，他也做不來。

他撥了一下腦袋上的垃圾，坐在廢墟上喘氣。剛才的爆炸，被甩出來的東西砸傷了胸口，到現在他都覺得胸口有點悶悶的，不由得猜測起來：不會跟武俠小說一樣傷到心脈什麼的了吧？會不會外表看不出來，其實內傷過重死掉啊？

就在他胡思亂想的時候，廢墟中晃晃悠悠地爬起了一個人。那人被一塊牆板壓著，一身的灰，他也認不出是誰。

那人應該是個普通的倖存者。他實在站不太起來，但看對方被壓得很痛苦的樣子，就讓黑蛇去幫忙。

黑蛇接到他的指示向那個人走去。然而他剛剛走到那人跟前，還沒來得及開口說話，整個人就直接飛了起來。

雲泰清胸口一悶，一陣刺痛襲來，他幾乎不能呼吸。

黑蛇的胸口被打穿了一個大洞，帶著一蓬血霧，向後倒飛出去足有十幾公尺遠，一直撞到了牆壁上才停下來，跌落在地上，動也不動。

雲泰清眼睜睜地看著這一切，幾乎有點反應不過來。

怎麼回事？還有漏網之魚？除了周建成和他帶來的兩個屬下，難道還有別人？

那人用力掀翻了身上沉重的牆板，慢慢地向他走來。

雲泰清像見了鬼一樣看著那個人。

那人滿臉塵土，幾乎看不清五官，但脖子上插的那把彈簧刀卻能看得清清楚楚。

「周……建成？」

雲泰清不由自主手腳並用地向後退了幾步，然而這個動作實在太慢，他不得不忽略胸口的疼痛，翻身爬起來。他的腳好像扭到了，不過這會也沒辦法計較這個，只能想辦法要怎麼逃命。

那一刀絕對有扎到他的脖子！他還記得刀刃卡在他頸骨上的觸感！但他怎麼可能還能走動？就算是妖怪，也不至於這麼厲害吧？他到底是什麼？不死的妖物嗎？

周建成哼笑了一聲，左手慢慢地拔出脖子上的彈簧刀。血液跟著刀身拔出的動作咕嘟咕嘟地往外流，不一會就沾濕了他的衣服。

雲泰清愣愣地看著，心想：真可惜啊……他怎麼就死不了呢？

周建成看看手中的彈簧刀，隨手丟到了一旁。

「真是太可惜了……」周建成用嘶啞的聲音說。傷口處的血液流得越來越少，以肉眼可見的速度逐漸停了下來。

「呵呵……」雲泰清不知該怎麼反應，只能意味不明地笑了一下。

還真是巧啊，他也覺得可惜了。不過表面上他還是做出了一副害怕的模樣，愁苦地往後縮，希望能降低對方的戒心。

花傑說得對，他還是不該和泰昊的手下接觸過多。那時候四人組消失的地方距離他比較遠，所以感覺還不明顯。剛才黑蛇可能是距離太近，也可能是其他的原因，黑蛇身上受的傷有相當的部分都等於打在了他身上，現在他真的很痛，自己身上的傷根本不算什麼，但從黑蛇身上傳導過來的傷害卻要把他痛死了……

他希望他承受的這些可以讓黑蛇活下來，但他現在全身心的注意力都在面前這個不死的敵人身上，甚至都不敢向黑蛇的方向看上一眼。

「真是失策呢。當初因為害怕被主子知道我辦事不力，隱瞞了一些事……如果我如實將你死去時候發生的事情告訴了主子，現在來解決你的就不只是我們這幾個人了。」周建成說著，看起來卻並不是很可惜的樣子，「不過現在這樣也夠了。」

他伸手向雲泰清抓來。

雲泰清一腳將他的手踢開。

這個簡單的動作卻讓雲泰清的腳疼得要命，本來就有點扭傷，周建成的手腕還比他預計的還要硬，右腳簡直像踢在鐵板上，痛得他整條腿都要木了。

雲泰清後退了幾步，再猛地向前衝去。

他的身體很疼，不管是胸、背、還是腿，都疼得讓人想要罵髒話。

不過疼痛就是個小婊子。你無視它，它就拿你無可奈何。

在踢出那一腳的同時，他已經完全把那些疼痛都拋到了腦後，和周建成兩人在廢墟之上進行了一場曾經的他根本無法想像的攻防戰。

雲泰清的速度快到腦子都來不及反應，僅僅是交給了身體的反射活動，每一個動作都不需要計算，只要周建成的身體有輕微的挪動，他的身體立刻就能反應過來，並且在他自己意識到之前將周建成的動作截住。

這要是在以前，雲泰清做夢也想不到自己能做到。他一直以為黑城對他的特訓只是因為對他不滿，所以故意虐待他。

但是他錯了。

黑城教他的那些事，逼迫他做的那些恐怖鍛鍊，都扎扎實實地體現在了這裡。以過去的他，甚至現在的他完全想不到的方式，爆發出來。

但周建成的身體密度太過堅硬了，他的每一拳、每一腳都好像踢在了石頭上，對周建成造成的傷害微乎其微。最重要的是，每一次攻擊都會反射在他自己的身上，甚至會讓他的脊椎受到極大的震盪，十幾次「成功」的攻擊，更多的是打在了他自己的身上。

但雲泰清也沒有其他辦法，目力所及之處，甚至沒有適合的武器，剛才的錘子也不知道丟到哪裡去了，不然看他一錘下去給此人來個滿頭開花……

說時遲，那時快，幾個呼吸之間，他們已經過了十幾招。這十幾次的震盪讓雲泰清胸口和背部傷上加傷，他僅僅是一個分神，就被周建成一把抓住了腳踝，將他整個人高高地甩起，猛地砸在地上。

疼痛像炸開的煙火般從背部蔓延至全身，眼前的景物瞬間暗淡下去又扭曲著從黑暗中閃現出來，他咳了一聲，吐出一口血。又因為姿勢問題，那口血一點也沒浪費地全回到了他的氣管裡，他嗆得幾乎窒息過去。

不知道是不是嗆咳得太厲害，以至於眼淚阻擋了他的視線，也或者是他躺在地上的視線角度，讓周建成向他走來的每一步身軀都變得更加巨大。

周建成一邊走著，一邊逐漸撐破了身上的衣服，臉上的五官都變了形狀，嘴更長，眼睛更小，口腔裡伸出了細長的紅舌，甚至全身都覆蓋上了鱗甲。

那個很像周建成的怪物走到了他身邊，和他腦袋差不多大小的拳頭向他的腿砸去！

雲泰清知道對方想做什麼。他們要的是他的魂魄，只要他還活著，他們就有辦法。所以他們不能讓他死，最好能讓他失去戰鬥力，變成人彘就再好不過了。

他狼狽地原地滾了一圈，堪堪躲過對方的拳頭。那拳頭直接砸到了地上，轟的一聲，大理石的地面被打出了一個大洞，他差點被那個洞捲了進去。

他辛苦爬了起來，就又是一拳到了。這第二拳砸在他身前，要不是他往回滾了半圈，就正正好砸碎他的骨盆。

不過也正因為滾這半圈，他一不小心翻進了對方第一拳留下的大洞裡。他身體失去了平衡，一時也站不起來。

緊接著，周建成的第三拳又隨之而至。

這一回，他卻是哪裡都去不了了。

雲泰清看著那個巨大的拳頭砸向他的下半身，腦子裡閃過無數紛亂的念頭，卻沒有一個能對他現在的情況有所幫助。

他死定了。

就在他眼睜睜地看著自己走向絕路之時，忽聽兩聲清叱，兩道窈窕的身影從廢墟之中飛躍而出，鏘鏘之聲破空而來，七、八根鋼條憑空出現，扎進了那個怪物的後腰。

那怪物發出一聲痛叫，拳頭砸歪了方向，只砸中雲泰清身邊的地面，塵土蓬然而起，差點將雲泰清埋在其中。

雲泰清四肢並用，艱難地爬出坑底，和那怪物一同向鋼條的來源之處望去。

兩個年輕的女孩穿著白色的職業套裝，臉上髒得幾乎看不清五官，只有兩雙閃亮亮的眸子緊盯著那個怪物。她們是之前和他坐在同一桌，一直說著八卦的那兩位女孩。

那個怪物只是看了她們一眼，回頭就給了剛剛站起來的雲泰清一拳。

雲泰清內心哀號：一般不是應該先解決那兩個女孩才來揍我嗎？這和說好的不一樣啊！

周建成的拳頭自下而上揮去，雲泰清被打得倒飛出去，左腿和骨盆都發出了一聲尖叫，他敢肯定是粉碎性骨折，受過黑城慘無人道的虐待之後，這種聲音他簡直是再熟悉不過了。

他跌落在黑蛇身邊，大概有十幾秒的時間，整個人陷入了毫無意識的黑暗，等黑暗褪去，又是眼前亂舞的金星，渾身疼得都麻木了，耳朵裡發出轟鳴巨響，連骨頭都好像在不由自主地顫抖。想轉頭看看黑蛇如今的情況，卻好半天都一動也不能動彈。

媽的……他難道就這麼廢了嗎？

那兩個灰頭土臉的女孩不知從何處各抽出一支三叉戟，和那個很像周建成的怪物戰到了一處。

他們的戰法和雲泰清是完全不同。以雲泰清的視力，幾乎什麼也看不清楚，只能看到幾團光影在視野中砰然碰撞，兩道嬌小的身影飛轉，兩支三叉戟揮舞在兩團狂亂的光輪之中，簡直就像玄幻電影裡所能想像得到的所有絢麗特效展示，令人喘不過氣的攻擊密不透風，每每帶著流星的尾巴飛擊而出，然後在那個怪物身上綻放出飛瀑般的火花。

那個像周建成的怪物不再像剛才一樣，被雲泰清打到只當被蚊子叮，現在他每挨一下，就痛得慘叫一聲，他拚命地想要抓住那兩個女孩，卻被一次次無情地打趴。

那兩個女孩的武力值看起來相當強悍，不需要他擔心，所以他現在需要擔心的只有……

雲泰清的身體不能行動，只能慢慢地挪動著手，想要碰一下離他不遠的黑蛇，確定黑蛇是不是還活著。

但他還沒摸到黑蛇，就感覺到有個人走到了他身邊，一雙柔荑抓住了他的手。

「小明！」那人深情地哭道：「我知道你在找我！我在這裡！我就在這裡啊！」

妳……媽的……

這位完全不看情況的，當然就是剛剛才被救下的小鹿小姐了。雲泰清微微抬頭，就見她兩隻眼睛都哭成了兩團黑圈，渾身髒得就跟在土裡滾過一樣，隨著她的哭泣，黑色的淚水混著髒土流淌而下……

雲泰清：「……」

小鹿一點也感覺不到他滿滿糟糕的心情，只一心一意地往他身邊靠，用她烏黑的眼圈向他傳達她的愛戀。他實在忍無可忍，稍微指了指黑蛇的方向。

「妳……看他……還活著……沒……快……去……！」

雲泰清有點害怕她會抱著他哭得死去活來說「我死也不會離開你的」，那樣的話他就真的要自盡以謝天下了。他怎麼就救了她呢？簡直悔不當初啊……

不過幸好，那種事情並沒有發生。她放開他的手去黑蛇身邊摸了摸，又回來跪在他身邊，拉起他的右手，深情地說：「他還活著！你放心！」

雲泰清疼得說不出話來，只能很凶惡地瞪著她。也不知道她的腦細胞怎麼長的，直接就接收了錯誤的訊號，激動地說：「你放心！我不會離開你的！從今以後，我要和你海枯石爛，同生共死！我知道你也是這樣想的！你不用說話！我都知道的！」

雲泰清的身體抖了抖，吐出了一口血來。

媽的……完全沒有求生意念了怎麼辦……

快來個人……救命啊……

正當雲泰清在「以頭搶地終結此生」和「殺了這女人」之間徘徊不定的時候，那個怪物身上忽然發出了一道紅色光芒，他距離這麼遠，都能感覺得到一股強大的威壓撲面而來，距離他更近的兩個女孩更是首當其衝，被那股有若實質的力量直接打飛了出去。

雲泰清定睛一看，那股紅光是從怪物的腹部橫劈出來，就好像那裡有另外一個空間，有什麼東西就快要從那裡破體而出。

那怪物也長長地嘶叫了一聲，聲音異常震耳，不知道是不是他的錯覺，他似乎可以從對方的叫聲之中聽到某些異常的痛苦。怎麼回事？那道紅光不是他自己放出來的嗎？或者……難道是自爆前的最後準備？

雲泰清正猜想著，卻見那個怪物轉而向他飛撲過來。

對方的速度太過驚人，幾乎是前一秒才將那兩個女孩打飛，後一秒已經衝到他的面前。

那一瞬間，雲泰清又忘記了放棄拯救小鹿那個腦殘女人的念頭，甚至忘記了骨盆和腿骨碎裂的痛苦，他用一隻手半撐起身體，另一隻手將小鹿往旁邊一推，一拳擊在那個怪物向他抓來的掌心。

在雲泰清的拳頭碰到那個怪物的掌心之時，一切都好像慢了下來，他的手指關節可以感覺得到對方手心鱗片堅硬與恐怖的觸感，可以看到怪物向他衝來之時全身鱗片的張合，可以注意到對方眼睛裡光芒的舞動，甚至觀察到怪物胸腹部那一條帶著紅光的裂縫逐漸變大……

緊接著，他感覺到了拳頭被擊碎的痛苦，臂骨也發出了吱嘎的慘叫，連頸椎和顱骨都遭受到了極大的震盪！他只覺得頭痛欲裂，眼前一片五顏六色的光影閃爍，臉上冒出了溫熱黏稠的水流。

不知是不是因為傷情過重，他甚至感覺到手指上泰昊的戒指開始不斷地發熱，並散發出清藍的冷光。

毫無預兆地，有一股巨大的力量從他的胸口猛然炸裂，飛蛇一般竄過他的全身，透過已經骨折的臂骨、已經碎裂的拳頭，轟然爆發而出！

那股力量實在太過巨大，活活地擊碎了怪物堅硬的爪子和腦袋。腦漿、血液和其他的什麼東西從那具脆弱的軀幹裡噴湧而出，那怪物連叫都沒叫出一聲，半個上半身就變成了一灘血肉，雲泰清眼睜睜地看著那堆東西和剩下的身軀一起，被那道冷光轟擊出去好遠的距離。

身體裡的那股力量湧出之後，一切速度突然正常了起來，所有的感官也只剩下了連綿不斷的疼痛。

雲泰清撲通一聲倒回到地上。

他無力說出口的話全成了自嘲：這回是真的完全殘廢了哈哈！

除了骨盆和左腿之外，他連右拳也碎得不成樣子，手指上的戒指不知道是因為那股力量的衝擊還是別的什麼，也變成了殘渣，手臂更是一動也不能動。

所有剛才被忽略的疼痛都一股腦地湧了上來，簡直要將他的意識滅頂。

小鹿那個腦殘女人大呼小叫地衝了過來，拉著他已經斷掉的手臂哭得肝腸寸斷，一個勁地表示從此以後對他忠貞不渝。這會雲泰清卻連叫痛的聲音都發不出來了，只能不由自主地顫抖。

所幸那兩個三叉戟女孩撐著她們的武器搖搖晃晃地走到了他們跟前。花傑更是迅速，前一刻還無影無蹤，下一刻已經從廢墟中高高跳起，以肥貓的姿態毫不客氣地將小鹿撞開，落地時又化作了小蘿莉的模樣。然後那兩個三叉戟女孩趕了過來，將小鹿遠遠地隔離了。

小鹿尖叫：「妳們是誰啊！知道我和他的關係嗎！妳們是什麼人啊！知道我們是什麼關係嗎？妳們憑什麼把我們分開！他受了這麼重的傷，妳們看不見嗎？妳們知道我有多愛他嗎？只有我在他的身邊，他才有勇氣活下去啊！妳們讓開！快讓開！聽到沒有？」

雲泰清：妳在我身邊我只會喪失求生意志謝謝。

那兩個女孩看了雲泰清一眼，似乎在徵求他的意見。

花傑卻不耐煩地喵嗚了一聲，尖聲道：「那女人就是個扯後腿的！別聽她廢話，讓她趕緊滾蛋！」

她們立刻用三叉戟將小鹿隔離得更遠了些。

不過那女人只是人被擋住，嘴卻沒被封堵，一張利嘴叫得實在是太過歡快，嗓門也大得驚人，吵得他腦袋嗡嗡地響。雲泰清又看了花傑一眼，花傑立刻明白他的意思。

「讓她閉嘴！」

雲泰清被擋著看不見，就聽啪的一聲，大概是誰搧了誰一巴掌。那吵死人的女人只安靜了兩秒，立刻又尖叫了起來。

「小明！小明！我知道你還愛我的！你不要被這些狐狸精騙了！她們不會對你好的！真正愛你的只有我！只有我啊！小明……」

雲泰清咬緊牙關，迸出一個字：「靠……」

花傑猛地一掌拍地，整個地板上的碎裂磚石都跳了一下。

「我都說了讓她閉嘴！妳們是哪個字聽不懂！啊？」

「啪啪啪啪！」接連四個巴掌聲，小鹿立時消停了，再也沒有聲音傳出來。

雲泰清望向花傑滿是黑灰的小髒臉，「黑……黑蛇……」

花傑走到黑蛇跟前，摸了摸他的身體，又在他身邊搗鼓了一會，回來跟他說：「沒事的，他受了重傷，但不致死。我已經聯繫上外界的浮游，救援馬上就到，你們不會有事。放心。」

雲泰清鬆了一口氣。

所有的疼痛和疲憊在這時全都衝沖了上來，隨著心跳的頻率怦怦怦地膨脹收縮，他的身體就像一個快要被戳破的皮囊，甚至感覺不到究竟是哪裡痛，只覺得每一個地方都痛得不得了，恨不得將這副皮囊割開，好讓痛苦隨著血流滾出他的身體。

雲泰清覺得自己要昏過去了，但不知道為什麼，就是有什麼東西吊著他，讓他無法昏迷。

一定還有什麼事情沒有完成。

他的身體不能動，眼睛斜向瞥著周建成消失的方向。

花傑也看向那裡，回頭跟他說：「那個傢伙已經死了，您放心，就算是神仙，沒了腦袋也活不了。」

但是雲泰清對於他身上那一道紅色的、幾乎劈開他身體的光芒很在意，非常在意。剛才有周建成的存在，他以為那種心悸是針對周建成的。如今周建成死了，他的心悸感反而更加強烈，簡直可以算是令人驚恐了。

他的胸口憋悶，連呼吸都很困難，他張嘴深深地呼吸了幾次，才勉強說出話來：「去看……小心……黑蛇……」

花傑道：「我剛才看見了，黑蛇是被他偷襲的吧？您不放心的話，我就遠遠地看一眼，馬上就回來。不會有事的。」

雲泰清艱難地呼吸著，點了點頭。

花傑站起身來，向剛才周建成被打飛的地方走過去。

這一路雜物太多，花傑走了兩步就消失在廢墟裡，雲泰清只能盡力聽著她的腳步聲。就算是貓，在這種亂七八糟的地方，花傑也不可能不發出一點聲音。花傑似乎只走到了距離周建成很遠的地方，腳步聲就停了下來，再也沒有發出聲音。

他努力地聽著，卻什麼也聽不到，他忍不住嗆咳起來，一口一口鮮血湧出口腔，胸口疼得簡直要炸了。

攔著小鹿的其中一個三叉戟女孩走過來，想要碰觸他的胸口，大概是要看他的傷勢。

「別……咳……碰……咳咳咳……」他一邊吐血，一邊將她攔住。

她們畢竟都是泰昊的下屬，除了無意中和他有了上下級連結的，如同黑城、黑鷲之類就算了，其他的還是能避免就避免吧，他承擔不起那麼多人的性命。

那女孩看起來有點驚訝，不過也沒有對他的命令有什麼不滿，只是站到了一邊。

雲泰清對她笑了一下，什麼也沒說，因為鮮血還在不時湧出口腔，他什麼也說不出來。

就在他們兩人大眼瞪小眼的時候，花傑飛回來了。

是真的「飛」回來，她砰的一聲撞上了牆壁，又落到了他的腳邊。

花傑吐出了兩口血，嘶聲道：「帶少爺走——快！」

什麼？周建成那個怪物還沒死透？雲泰清彷彿從頭到腳被澆了一盆冰水，全身都冷透了，心裡只不停地縈繞著兩個字：完了……完了……完了……

第十章

Y U T O Y A W A

雲泰清自己廢了，花傑也被打傷，黑蛇重傷、尚未清醒，那兩位三叉戟女孩也已經是強弩之末。

他明明已經將周建成的上半身打成了肉醬，如果周建成這樣還能不死，那他們誰也奈何不了他。

那個三叉戟女孩根本沒管他說過的話，直接一手拿武器，一手過來攬著他，硬是將他從地上抱了起來。

果然，那種突然就被連結的輕微刺癢感又出現了，她的確是泰昊的手下沒錯。

由於視角提高，雲泰清一眼就看到了小鹿那不可置信的眼神，和……嗯，一張腫成豬頭的臉。

雲泰清只看了她一眼，就望向了周建成……的屍體。

周建成並沒有復活。

他的身體被撕裂了，整個上半身裂成了一灘稀碎的血肉，那堆血肉中間紅色光芒大盛，一股強力的威壓沖天而起，向他們席捲過來。

那股威壓直接衝向了雲泰清，幾乎讓他不能呼吸。

「花……蛇……」花傑和黑蛇！不能把他們丟在這裡！

「抱歉，少爺。」那個三叉戟女孩說：「我們的任務是保護您。」

她抱著他向剛才炸出來的大洞飛奔而去，另一位三叉戟女孩將小鹿推倒在地，轉而跟上他們，將手中的武器捲起一團光影風浪，遮擋在他們面前。

雲泰清立時就感覺到身上的威壓減弱，但是那位三叉戟女孩明顯比剛才對戰周建成時吃力得多，三叉戟掀起的光影也明顯小得多，在那強大的威壓之中搖搖欲墜。

他們剛剛奔到破洞附近，眼看著就能望見被炸出來的天光。那股紅色的威壓彷彿發現了他們逃逸一般，威力突然增強，將他們三人猛地壓在了牆上。

她們二人為了保護他，用身體為他撐起了一個小小的空間。即便如此，雲泰清依然從縫隙中感覺到了巨大的壓力，那壓力幾乎要壓碎他全身的骨骼，可見她們二人需要替他承受多大的力量。

他說：「……走……」

她們二人卻異口同聲道：「沒事——的，少爺，主子馬上——馬上就到了！」

巨大的壓力簡直要將他滅頂，胸口已經斷掉的肋骨發出令人牙酸的「卡嚓」聲，正在緩慢壓迫著他的呼吸，連口鼻之中都冒出了鮮血。她們二人撐在他上方，兩張秀美的小臉上也爆出青筋，顯得有些可怖，細細的血流從嘴角邊汩汩流出，連眼睛裡也爆出了猩紅的血絲。

雲泰清望著那片殷紅鮮豔的光芒。

也不知是不是被壓迫得太過，以至於出現了幻覺。雲泰清努力地看著，逐漸在那片紅光中看出了一個人，或者說，一個女人的幻影。

那個女人表情平淡，髮鬢如雲，目光異常冷漠，頭上戴著金色高冠，身上穿著彩色霞帔，身周仙霧繚繞，彩雲飄搖，整個人看起來既高貴又莊嚴，既沉靜又冰寒，身後跟隨著許多模模糊糊衣袂飄飛的影子，恍若神女出巡。

如果不是痛到意識不清，雲泰清會覺得她是一個女神——真真實實、存在於神話之中的女神。

但在那一刻，他只感覺到從靈魂深處散發出來的恐懼。

就好像他曾經在她的手心裡，被緩慢地捏成齏粉。

說起來彷彿很久很久，事實上她只在幻覺之中出現了幾秒的時間，雲泰清就聽到了一聲炸雷般的怒叱：「滾！」

一股無法形容的巨大力量從虛空中出現，翻滾著向那股紅光激湧而去。女神的幻影隨著怒叱閃動了兩下，和紅光一起消失無蹤。

一失去那股力量，雲泰清和兩個三叉戟女孩從牆上滑落了下來。

跌坐下來的動作讓他震了一下，噗的一聲，又噴出了一大口血，然後那些血液就好像找到了什麼出口一樣，開始拚命地湧出身體，隨著生命力一起，從口腔中湧出。所有的骨頭、每一片皮肉，都在這小小的動作中發出了慘叫。

雲泰清整個人都陷入了一種玄妙而虛幻的狀態。他知道這具身體很痛，他知道現在的情況很糟，他什麼痛苦都能感覺得到，但同時，他什麼也感覺不到，整個人如墜雲中。就好像意識和身體是完全分離的，痛苦在左，意識在右，涇渭分明，互不干涉。
眼前陣陣發黑，那片漆黑中卻又出現了無數的光點，彷彿是從他的身體內部產生，又慢慢地向虛空中逸散出去。
終於……可以安安心心地去死了。
雲泰清閉上眼睛，身體不由自主地向一邊滑落下去。
雲泰清並沒有跌落在滿是尖銳沙礫的地面，而是靠在了另一個人的身上。
這時，黑暗中逸散的光點突然停止，然後簌簌地回到了原來的位置。所有的痛苦驟然歸來，被分成兩半的意識和痛苦毫無預兆地回到了一體的狀態，整個身體的指揮權像被什麼東西擊打過一樣，狠狠地鑽回體內。
雲泰清猛地坐起來，在那雙手的扶持下猛地吐出一口血，然後又是一口，再一口……簡直像是整個身體的血液都要被吐出去了一樣。
吐完了血，強烈的眩暈讓他又虛脫又噁心，但他還是扭頭看了一眼。
一直緊皺著眉頭扶著他的人，正是泰昊。
媽呀！他的表情好恐怖！
雲泰清這輩子加上輩子都沒看見過泰昊這麼難看的臉色！
而且他居然皺眉了！一向波瀾不驚的神仙他居然皺眉了！
雲泰清的第一反應居然不是逃跑，而是想拿照相機拍下來留念，可見他已經沒救了……

幽都夜話

泰昊今天穿的衣服和以前的風格完全不同。他今天的裝束十分復古，頭頂戴著黑色的冕冠，身上是黑色交領廣袖長袍，轉眼時有流光閃過，上面應該是有銀絲勾繡，卻看不清到底繡的是什麼。

他整個人除了裝束之外，還是以前那個樣子，但不知為什麼，看起來卻異常高大，無法形容的精神壓力實質般撲面而來。

泰昊將雲泰清從地上抱了起來，就像拎著一張輕飄飄的紙。

空氣中發生了一陣詭異的扭動，黑城拽著白麗從半天高的虛空中倏地鑽了出來。他的手一鬆，白麗砰的一聲跌落在地上，不過手腳俐落地滾了兩圈就站了起來。

他們兩個今天也打扮得和平時不一樣，一人是毫無裝飾的黑色直裰，頭戴黑色綸巾；另一人是僅有蝴蝶結帶子做裝飾的白色齊胸襦裙，頭上梳了個雙丫髻。

白麗提起襦裙的裙角，飛奔到雲泰清身邊，將他從頭到腳快速地摸了一遍。

「身體的傷問題不大，但不知道為什麼，靈魂碎了，並且開始逸散。幸虧主子來得及時，再晚上一時半刻，少爺就要保持不住意識了。」她快速地說完，習慣性地伸手要將雲泰清抱過去。

泰昊又皺了一下眉，抱著雲泰清的手緊了緊。雲泰清也不想離開他，雖然行動不便，卻還是毫不猶豫地抓住了他胸口的衣服。

白麗有點疑惑，不過馬上反應了過來，趕緊將手收了回去。

「對不起，是屬下忘記了。」她又轉頭向黑城道：「馬上打開須彌芥子！」

黑城手一揮，泰昊身邊不足兩步之處出現了一扇門。

白麗走過去，三敲三轉，將門打開。果然，裡面出現的是曾經熟悉得不能再熟悉的房間。

菁鳳的外面傳來了姍姍來遲的警車聲和救護車的聲音，有人在嘈雜地大喊，有人在努力地撞門，等他們發現後面的大洞也不過是時間問題罷了。

剛才雲泰清並沒有聽見這些聲音，這些聲音都好像在另外一個空間似的，直到現在才憑空出現一樣。

雲泰清看了黑蛇和花傑的方向一眼，因為無法扭頭，只能用餘光又看了兩個三叉戟女孩方向。

「他們……四個……」

「他們四個不會死。」泰昊冷冰冰地說，「但是你就快了。」

雲泰清：「……」總感覺脊梁都是涼的呢……

泰昊又攬緊了他，幾步上前邁進了門裡，外面的嘈雜聲音頓時消失無蹤。

白麗在他們身後關上了門，又對泰昊道：「主子和少爺請稍等，我先準備一下。」

她拎起放在客廳的萬能箱子飛奔向浴室，也不知做了什麼，就見裡面閃出陣陣眩光，不時發出隆隆的聲音，偶爾還有黑煙冒出，甚至發出一絲絲的惡臭。

她到底在行何等巫蠱之事啊？好像和以前的情況不太一樣，總覺得有不好的預感呢……

雲泰清看了泰昊一眼。

他全身的骨頭斷了大部分，如今能稍稍抬頭已是奇蹟。

不過一個人的表情，有時候只需要看到一部分就夠了。

現在抱著他的這個人，雖然手上的動作是滿滿的守護，但下巴刀削斧鑿般冷厲的線條卻緊緊地繃著，薄薄的嘴唇抿在一起，彷彿下一刻就要暴起，用周身的冷氣將他活活分屍。

泰昊就抱著雲泰清，冷冷地站在原地，半句話也不跟雲泰清說。

雲泰清無可奈何，他現在傷情太重，大的動作做不出來，只能抓緊了泰昊的衣服，整個人都緊緊地靠著他的胸膛……

以此向他聲明他的歉疚。

就在他靠上去的同時，泰昊身上的氣勢突然柔和了下來，連那繃得緊緊的下頷線條也變得異樣溫柔。

「對不起……」雲泰清輕輕地蹭他的肩膀，這才發現自己居然能順利出聲了，不像剛才斷斷續續好像馬上就要死了一樣，「對不起……我不是故意的，只是剛才看到那個女神的時候，我突然就沒了求生欲望……我也不知道怎麼回事……」

泰昊微微地長出了一口氣，聽起來就像是一聲嘆息。

「沒有求生欲望不是你的錯，我不該遷怒於你。」

雲泰清有些驚異地看著泰昊。

他一直覺得泰昊是那種信奉天地君親師的人物。當然，這天地君親師都是他自己，別人對他只有膜拜的分。就算錯也是別人的錯，他永遠都不需要道歉，別人只要隨時在他腳底下叩拜就好了。

但是這位神仙居然道歉了。

白麗不知道在浴室裡折騰什麼，絲絲縷縷的臭氣逐漸散去，被較為淡雅的香氣替代。她從門裡伸了腦袋出來，「已經好了，主子您帶著少爺進來吧。」

泰昊抱著雲泰清進了浴室，那股淡雅的香氣變成了令人無法忍受的濃香，熏得人直想打噴嚏。

浴缸裡的水變成了烏黑的顏色，咕嘟咕嘟地冒著泡，黑水上方飄散著詭異的紫色氣息。

雲泰清忍不住稍稍用左手抓緊了泰昊的衣服。泰昊的衣服看起來如同流水般輕柔，抓在手心裡卻彷彿雲霧般綿軟，柔順而清涼，不知是何種材質。

「我覺得今天這水不太好。」他壯著膽子對白麗說。

白麗冷冷地笑了，「對呀，少爺，今天的水一定、一定、一定特別地有效呢——」

口氣那麼嚴肅，聽起來卻像是高興得不得了的樣子……

對著那一缸詭異的東西，連她自己都不肯用手，甚至不肯接近一點，只遠遠地站在角落裡，用那根長長的棍子在黑水裡攪和。池水裡黏膩的黑色在棍子上糾纏扭動，彷彿活物。

他緊張地向泰昊求救：「泰……泰昊，我覺得還是用以前的藥吧！今天的藥……今天的還是不要用了，我感覺不太好……」何止是不太好，根本就是恐怖到了極點好嗎？

泰昊卻理都不理，冷酷無情地將他丟進了咕嘟冒泡的黑水裡。

比剛才受到襲擊、傷勢最重的時候還要激烈的疼痛在體內轟然炸開，雲泰清慘叫一聲，完全忘記了渾身斷掉的骨頭，四肢舞動，拚命掙扎，使勁往浴缸邊上扒，試圖從裡面逃脫出來。

然而泰昊按住了他的頭，將他整個人按進了水中。

雲泰清完全不能呼吸，但是並沒有害怕，也沒有窒息，只是痛得無法忍受，一個勁地在泰昊手下掙扎。

可泰昊並不需要其他的動作，只要按著他的頭，緊緊地將他按在水中，保證他半片皮膚也不能露出水面就夠了。

雲泰清知道他們要幹什麼，也知道他們的意思，要治療，這是沒有辦法的事情。

但是好痛啊！

好痛啊！

真的好痛好痛好痛啊！

他痛到魂魄都要離體，卻被泰昊那隻手硬生生按下，無法掙脫，又不能以死相抗，簡直令人絕望。

如果他被周建成的「主子」抓去，所受到的待遇恐怕也不過如此。

還是讓我死吧！

只需要放開你的手，我立刻就去死！

不需要這麼折磨我！

我什麼也不在乎了！讓我死吧！讓我死讓我死讓我死……

到最後，雲泰清腦子裡充斥的就只有這三個字，其他的他什麼也想不起來了。

「怎麼會這麼痛苦？」

「他的魂魄都逸散了，不用蝕魂湯，魂魄無法歸一。」

雲泰清隱隱約約聽到泰昊和白麗在說話，但大腦卻無法辨認那些語言的含意，當下的每一秒都在被無限拉長，就好像生命只剩無窮無盡的苦痛，而他只能拚命掙扎，只想脫離這種痛苦。

突然，按在後腦勺上的那隻手好像鬆了一下，他立刻從水中竄了出來，拚命地往浴缸邊上扒，試圖從這鍋地獄沸水中逃脫出去。

泰昊卻沒有繼續按著他，而是站起身來脫去外衣。

白麗驚叫了一聲：「主子！您不能進去！那個藥——」

也不知是泰昊給了她什麼眼色，或者是其他的什麼緣故，她的聲音像是被掐斷了，再也沒有說什麼。

雲泰清沒管他們之間發生了什麼，只使勁撲騰著想從浴缸裡出去，但是沾到那種水實在是太痛了，每一個動作都痛得人死去活來，他費了好大的勁才扒到浴缸邊上，正喘著粗氣準備一鼓作氣翻逃出去時，卻見一道穿著白色單衣的身影跨進了浴缸。

他目瞪口呆地看著泰昊面不改色地坐進了水中，然後向他招了招手。

在泰昊坐進浴缸的同時，雲泰清身上那些幾乎覆滅了意識的痛苦頓時如開閘洩洪般流向了不知名的方向，雖然並沒有完全消失，甚至依然痛得人想要尖叫，但比起剛才，簡直是一個天上、一個地下，幾乎都要讓人喜極而泣了。

他還能怎麼辦呢？人家沒受傷都坐進來了，難道他還要怪他們為了救他而讓他受苦嗎？

泰昊又招了招手。

雲泰清無可奈何地向他伸出手。

泰昊拉住了他，將他拽到自己身邊，擁入懷中。

隨即，僅剩的痛苦都變得可以忽略不計了。

「忍忍吧。」泰昊低聲說。

雲泰清委屈地點了點頭。

泰昊輕輕地摸摸他的背，將他的頭緊靠在自己的頸窩，兩人一起沉到了水中。

水中，雲泰清在泰昊的懷抱裡蜷成了一團。沉入水底之後，疼痛又再次襲來，不過至少不會因為劇痛而想去死一死了。

他們無言地在水中浸泡了很久，白麗時不時地向浴缸中投放新的藥物，只要雲泰清稍稍感覺不那麼痛苦了，她彷彿立刻能感覺到，馬上加藥，又加到他生不如死為止。

不過，人的韌性是很強的，這些疼痛雖然痛苦，但也許是傷情有所緩和，也許是雲泰清開始逐漸習慣了，在長時間的浸泡之後，他居然睡著了。剛開始只是偶爾淺眠，很快又被疼痛弄醒；後來睡著的時間越來越長，睡得也越來越深。

雲泰清甚至開始做夢。

剛開始只是一些很雜亂的夢。

他的視角很低，低到幾乎與地面平齊；他去了很多很多地方，聽到了很多很多聲音，見到了很多很多人——的腳。沒辦法，他的個子就是那麼矮。

那些地方和那些人他似乎曾經見過，但仔細想想卻完全沒有印象。

因為資訊太雜亂，他一會出現在這裡，一會出現在那裡，一會偷看人新婚，一會偷看人吵架，他自己都不知道自己的目的是什麼。

唯一的線索，就是每次他都會回到一個漆黑的地方，有人低聲跟他講話，還有許多同胞，跟他一起吱吱喳喳地講話。

後來，那些雜亂的資訊被他摒棄了，他開始專注於那個漆黑的地方。而當他專注於此的時候，夢見那個漆黑之處的時間開始明顯變長。

他和他的同胞們與那個人十分親近，那個人冰冷的手指輕輕滑過他們光滑的皮毛，他們擠擠挨挨地在他的手指上蹭來蹭去。

那個人從同胞群中抓起了他，手指點在他的腦門上。他可以清楚地感覺到令他越發清醒的意識灌入腦海，可以看到那個人手指尖上綻放出來的清藍色冷光。

然後那個人抓起了他其他的同胞，做了同樣的事情。

雲泰清突然醒來，有一根手指正指在他的腦門上，指尖在漆黑的水底發著清藍色的冷光，和夢中的情形一模一樣。

是日有所思，所以夜有所夢？還是這是曾經發生過的事情？

等醒來以後再仔細想想夢中的事情，這時雲泰清突然發現——剛才他在夢中的樣子、那個大小，還有用自己那雙細小的前爪扒東西的樣子！他分明就是一隻老鼠啊！

不不不！那只是個夢而已！夢裡什麼事情都有可能發生！他怎麼可能是老鼠！這根本就不可能！

雲泰清被突然意識到的事情驚到，不由自主地掙動了一下，浴缸中的水也跟著晃了起來。

泰昊大概感覺到了他的動作，按了按他的脊背，輕輕撫摸，做出撫慰的動作。

雲泰清只得乖乖躺了下來，不敢再動。

然後很快又睡了過去。

——《幽都夜話・上卷》完

高寶書版集團
gobooks.com.tw

輕世代 FW310
幽都夜話・上卷

作　　者　蝙蝠
繪　　者　日々
編　　輯　任芸慧
校　　對　何文君
企　　劃　方慧娟
美術編輯　林鈞儀
排　　版　彭立瑋

發 行 人　朱凱蕾
出　　版　三日月書版股份有限公司
Printed in Taiwan
地　　址　臺北市內湖區洲子街88號3樓
網　　址　www.gobooks.com.tw
電　　話　(02) 27992788
電　　郵　readers@gobooks.com.tw（讀者服務部）
傳　　真　出版部　(02) 27990909　行銷部 (02) 27993088
郵政劃撥　50404557
戶　　名　三日月書版股份有限公司
發　　行　英屬維京群島商高寶國際有限公司台灣分公司
Global Group Holdings, Ltd.
初版日期　2019年6月
三刷日期　2022年3月

國家圖書館出版品預行編目(CIP)資料

幽都夜話 / 蝙蝠著.-- 初版. -- 臺北市：三日月書版股份有限公司出版：英屬維京群島高寶國際有限公司臺灣分公司發行, 2019.07-
面；　公分. --

ISBN 978-986-361-686-3(上冊：平裝)

857.7　　108006330

三日月書版

三日月書版

GOBOOKS & SITAK GROUP©

GOBOOKS & SITAK GROUP©